HINT

HINT

江戶川亂步
平林初之輔
森下雨村
甲賀三郎
國枝史郎
小酒井不木
——著

楊明綺
——譯

五階の窓

五樓的窗戶

人人涉有重嫌？·六位推理名家有趣的接龍式推理小說

導讀
接龍式推理小說的先驅

◎林斯諺／推理小說作家、東吳大學哲學系副教授

《五樓的窗戶》號稱是日本推理文壇第一本「接龍小說」，由六位作者在未事先協商故事細節的情況下，一位接一位、一章接一章將全書完成。六個章節的作者依序為江戶川亂步、平林初之輔、森下雨村、甲賀三郎、國枝史郎以及小酒井不木。故事於《新青年》雜誌連載，時間是一九二六年的五月到十月。

這六位作者都相當優秀。江戶川亂步是我們今日所熟知的日本推理小說之父，對日本推理文壇貢獻巨大。不過他的短篇推理處女作〈兩分銅幣〉是在

一九二三年發表，因此參加本書的寫作時才出道三年。平林初之輔是文藝評論家、譯者，也著有推理小說，然而他的推理作品今日未受太多青睞。森下雨村是《新青年》主編，算是日本推理文壇一大推手，也有譯著與推理著述。甲賀三郎與江戶川亂步同年出道，後來也成為重要的推理作家，比較傾向本格推理的創作方向。國枝史郎主要書寫的是怪奇、耽美與傳奇類的小說，偵探類的作品也有，但較少。至於小酒井不木則是森下雨村挖掘的作家，也是醫學博士，當時已經有短篇作品在《新青年》發表。

像《五樓的窗戶》這種接龍推理小說在書寫上有困難度也有趣味性。對寫第一章的作者來說，他可以選擇要放出什麼伏筆或線索去讓後面的人發展，或是選擇要讓故事有比較大或比較窄的拓展空間，但不必然要在心中想好後續的發展。然而之後的書寫者必須承接這些伏筆、線索以及人物，在合邏輯的條件下繼續進行故事，甚至可以丟出新的伏筆、線索或人物，讓下一位作者繼續發揮（或者傷腦筋），而這有可能會把故事愈搞愈複雜。當然，最後一位作者的責任重大，因為最後一章是解謎篇，挑戰性最高，他必須「收拾殘局」並且能夠給出一個融貫、合理、沒有矛盾的解答。這種創作方式有趣的地方在於它的不確定性。首章之後的作者不確定上一位作者會怎麼發展故事，讀者也不確定每一位作者要怎麼處理上一位作者拉出來的線。困難點在於如何在多人協力的過程中保持推理小說追求的邏輯理性。

日本的推理作家在一九二六年就有這樣的實驗性創作，在世界推理史上可謂一大里程碑，因為在此之前就我所知沒有這樣的作品出現過。英國的偵探俱樂部（Detection Club）要直到上世紀三〇年代才有接龍推理小說出現。偵探俱樂部的成員包括後來成為世界最暢銷作家的阿嘉莎・克莉絲蒂（Agatha Christie）、不在場證明大師福里曼・克勞夫茲（Freeman Wills Crofts）、推理小說十誡設立者羅納德・諾克斯（Ronald Knox）、黃金時代四大女傑之一桃樂絲・榭爾絲（Dorothy L. Sayers）……等人。偵探俱樂部的成員曾經實驗過許多不同的創作方式，其中就包括一九三一年的接龍小說《漂浮的海軍上將》（*The Floating*

Admiral）。這本書參與的作者共有十四人，包括前述那些大名鼎鼎的作者，而以《毒巧克力命案》（*The Poisoned Chocolates Case*）聞名的安東尼・柏克萊（Anthony Berkeley）寫了解謎篇，布朗神父（Father Brown）的創造者兼大文豪 **G. K.** 卻斯特頓（**G. K. Chesterton**）於全書完成後再加上序章。有趣的是，雖然柏克萊提供了解謎篇，其他每位作者也被要求提供自己的解答，這些解答收錄於書末。

除了英國，台灣作家其實也嘗試過接龍推理小說。二〇二〇年出版的《筷：怪談競演奇物語》由台港日三方作家共五位合作，包括三津田信三（日）、薛西斯（台）、夜透紫（港）、瀟湘神（台）、陳浩基（港）。這本書的結構與單純的接龍小說不太一樣。先由前三位作者各自創作同一主題的故事，後兩篇再接龍收尾。整體而言是將「主題小說」的概念融入接龍小說。

《筷：怪談競演奇物語》不過是幾年前的作品，不論是布局或構想都非常成熟；偵探俱樂部的作品則是陣容強大，篇幅也長（共三百五十一頁）。那麼《五樓的窗戶》表現如何呢？這本將近一百年前的接龍推理小說，由當時日本推理文壇的幾位核心人物操刀完成，篇幅雖然不長，如今讀來卻仍十分精彩。江戶川亂步的作品一向以耽美著稱，但首章卻給出了一個相當寫實主義場景的犯罪。後續作家的接龍令人目不暇給，甚至有些篇章可以感覺出作者刻意拋出不負責任的懸念要給下一位來解決。閱讀過程中不斷想著到底最後一人要如何把這些紛亂的線索井然有序地拼裝在一起。撰寫解謎篇的小酒井不木用了意想不到的方式完結了整個故事。我想讀完本書的讀者應該會覺得他已經盡力了。而這大概也是閱讀接龍推理小說有趣之處。

如前述所言，像《五樓的窗戶》這種傳統式接龍小說，會有創作上的挑戰，尤其是如何在接龍過程中讓故事融貫並發展上一位作家拋出的線索或伏筆。即使本書篇幅其實只有中篇長度（譯稿約五萬字），在故事的銜接發展上仍有一些爭議。作者之一的國枝史郎在連載結束後的下一期《新青年》發表短文，提出兩個問題。首先，平林初之輔丟出的線索難以讓接手的作家繼續發展。第二，甲賀三郎引入的新線索沒有得到充分發展。國枝史郎也建議另一批作家再次合作接龍小說，包括牧逸馬、本田緒生、橫溝正史、城昌幸、水谷準等人，這在當時也算是一個很令人期待的組合，可惜這個提議似乎沒有付諸實現。

上述《五樓的窗戶》會遇到的問題，在偵探俱樂部的《漂浮的海軍上將》就處理得很好。雖然後者一樣是接龍小說，作者們也都是在不知道其他作者會寫出什麼的情況下進行接龍。但在接龍之前，大家約定好有兩條遊戲規則必須恪守。第一，接龍者不能無意義地丟出線索或伏筆，讓下一位作者難以自圓其說。前面提過，在這個接龍案例中，每位作者最終都必須提供自己的答案，所以雖然下一位作者必須「接棒」上一位作者丟出的線索或伏筆，但原則上這些線索或伏筆絕對不會是「不負責任」的產物。如此一來就可以避免前述類似國枝史郎那種抱怨。第二，每一位作者都必須完整處理上一位作者拋出的線索或伏筆。如果上一位作者提到某個新的線索，那麼下一位作者不能忽視，一定要將其放在自己的解答中。這條規則剛好也間接回應了國枝史郎的第二個抱怨。

只能說，日本作家開創了接龍推理小說的先河，而英國作家在接龍推理小說的條件設定上更為嚴謹。

話雖如此，本書以閱讀者的體驗還是相當有趣與精彩。看六位作家如何在中篇的篇幅內盡可能說出一個完整的推理故事，本身就很有看頭。別忘了這是近百年前的作品，這種在推理小說文類內的實驗性嘗試，本身就具備歷史意義與價值。

目次

導讀／接龍式推理小說的先驅 ◎林斯諺／推理小說作家、東吳大學哲學系副教授……002
合作之一（初始）／江戶川亂步……013
合作之二／平林初之輔……039
合作之三／森下雨村……073
合作之四／甲賀三郎……103

合作之五／國枝史郎……135
合作之六（結局）／小酒井不木……161

江户川亂步

合作之一（初始）

「地下室、逃生梯，看到這種東西更覺得自己彷彿身在國外。分明就是推理小說的世界嘛！感覺好像會發生什麼可怕的犯罪事件。」

1

「社長，又收到恐嚇信了。」

門開啟，總務課的北川走進來。西村電器股份有限公司的社長西村陽吉把雪茄擱在菸灰缸上，轉了一下辦公椅，笑著看向北川。

「又來了。真是有毅力啊！」

他一副嫌煩似地接過北川遞出的恐嚇信，嘖舌一聲，打開信封。

「早就看慣囉。一看到信封就知道是恐嚇信。」

「嗯。」

西村頷首，看著信中內容。站在他身後的北川一副畢恭畢敬樣，窺看著信。

「哇哈哈哈哈！還真敢寫啊！說什麼要我小心夜路，一不留神，命就沒了。」

西村仰躺在椅子上大笑。

「你看，就是這裡。」

北川悄聲唸著社長指的地方，一臉認真地說：

合作之一（初始）

「真是叫人沒輒的愚蠢傢伙啊！居然對社長洩恨，根本搞錯對象嘛！要恨就恨公司，恨害公司縮編的大環境，畢竟很多事不是社長能掌控的啊！」

「這就是那些傢伙憤恨的理由吧。畢竟沒了工作，就想發洩心中不滿。問題是，恐嚇別人又能怎麼樣？想敲詐一番嗎？還真是卑鄙無恥啊！」

「煽動同病相憐的人，拚命遊說大家一起罷工。」

「是啊！就是這麼回事吧。以為我們會束手就擒嗎？我們可是有桝本老爹坐陣，肯定要那傢伙吃不完兜著走，一旦被他盯上還能全身而退嗎？比起那些被解雇的傢伙的要脅，桝本廠長的眼神更叫人害怕啊！」

「萬一社長發生什麼事，可就不好了。您還是千萬要小心啊！」

「謝謝。別看我這樣，我可還不至於年老體衰到被那些工人搞垮。對了，比起這件事，積了不少信沒回，去叫人來處理一下吧。就是那個叫瀨川的，那孩子的速記一流。」

北川抬眼看著社長。只見五十歲大叔的嘴邊漾出猥褻的皺紋，心知肚明似地微笑回道：

「是，明白了。」

只見北川一副包在我身上，您別擔心的模樣，稍稍欠身行禮後步出社長室，返回隔壁的辦公室。

打通兩間房間的寬敞辦公室裡，有一整排辦公桌，十幾名男女正在工作。

「那傢伙又在偷懶！」北川望向位於角落的部門，會計員野田吉幸正與坐在旁邊的打字員瀨川豔子悄聲交談。北川浮現一抹惡意的笑，走向他們。

「瀨川小姐。」

野田與瀨川嚇地停止交談，抬起頭。北川直盯著兩人，說道：

「打擾了。社長要瀨川小姐過去一下。」

「社長找我？」瀨川小姐蹙眉，「社長室裡只有他一個人吧？我不想去。」

「為什麼？」北川語帶嘲諷地反問。

「到底找我有什麼事？」

合作之一（初始）

「這還用問嗎？請妳幫忙回信啊！反正能者多勞，妳又長得漂亮。」

「請你最好記住，我可是會跟社長說那件事哦！」

「可惡！」

北川刻意一臉怒容，豔子見狀，巧妙迴避，逃進社長室。嬌媚笑聲消失在門外。

「你被抓到什麼小辮子？」

野田看著一溜煙逃走的豔子背影，問北川。

「就不小心被她看到我和別人走在那種地方。」

「赤坂嗎？不便宜吧。」

「為何？才沒呢。要說不便宜，你的更不便宜吧。」

「什麼？」

「坐在你旁邊的同事啊！我看你們倆常講悄悄話。」北川刻意壓低聲音。

「那又怎樣？」

「少裝蒜了。野田與瀨川豔子之間有鬼呀！」

「你在胡說什麼啊？！」

「我勸你死心吧。社長很中意她呢！老頭子瞇起眼，誇她的速記能力一流呢！」

「是喔。」

「幹嘛裝得一臉沒事樣啊！你應該早就察覺到了。很在意吧。」

「這樣不是很好嗎？反正社長想怎麼樣與我無關。」

自討沒趣的北川只好佯裝沒這回事似的，一邊用指尖逗弄另一位打字員的背部，走向自己的位子。

野田幸吉再次望向門那裡，怯怯地撇了一眼之後，撥弄了一會兒面前的算盤。只見一副心神不寧的他突然站起來，盡量避免被別人瞧見似的快速溜出辦公室。走廊上沒半個人，他躡手躡腳地走到隔壁的社長室，站在門口，想了想又趕緊走向洗手間，卻又楞楞地待在寬敞的洗手間裡不曉得要做什麼，就這樣來來去去四、五趟後，野田的心情越發焦躁。

步出洗手間的他又躡手躡腳地走到社長室門口，這次不再猶豫的他索性蹲下來，從門把鑰匙孔窺看房內。

2

「……您找我有什麼事嗎？」

走進社長室的瀨川豔子關上身後的門，優雅地行禮後，以非常一本正經的表情這麼問的同時，卻忘了收起她面對男人時，眉間慣有的那股嬌媚感。

「喔喔，請妳幫忙回信。」

西村陽吉用雙手的大拇指挾著西裝背心兩側，其他手指動啊動的，從椅子上站起來，像在思忖文句似地踱步。他那年輕女員工根本看不上眼的身形，嘴巴周邊的皮膚開始鬆弛，因為緊張的關係，嘴角還下撇；這樣的他只是不停踱步，沒瞧豔子一眼。

豔子一副已經準備好的模樣，落坐社長那張大辦公桌旁的小邊桌前，攤開帶來的便條本，拿著鉛筆，低著頭。

西村一邊口述似乎不是什麼急事的內容，一邊隨意踱步，就這樣走到豔子落坐的椅子後面。只見他自然地停下腳步，雙手搭在椅背上，像是在思索下一句要怎麼寫似地仰望天花板有好一會兒；但他那樣子看起來不像在想事情，而是在窺看豔子的動靜。

「那個，關於那件事，恕我們無法回應您提的條件……」

西村望著天花板，不疾不徐地說著，指尖有如奇妙的昆蟲觸角，像在獵取什麼似地動著。只見那雙手離開椅背，緩緩地伸向豔子纖瘦的肩頭，就這樣輕輕地擱著。

豔子絲毫未覺地繼續速記，從她那低頭書寫的側臉，看得出她十分專注於眼前的工作。

西村那厚顏無恥的指尖得寸進尺地逐漸前進，從肩頭爬至手臂。相較於佯裝若無其事的西村社長，指尖看起來有如不可思議的生物；縱使如此，豔子還是渾然未覺，伸長的指尖既擔心又安心地探向豔子的手腕，突然握住。無論是面對不可思議的事，還是此時此刻，西村依舊盯著天花板，口述回信的內容。

「不要這樣！」

總算察覺的豔子低聲斥責，縮回被握住的手，但並未就此逃離，而是繼續動筆，這模樣看起來更讓人有機可趁。

西村瘦削的臉突然漲紅，停止口述回信內容的他不再假裝望向天花板，而是襲向少女那光滑柔嫩的脖子。

豔子似乎察覺會被西村從後面抱住，趕緊起身，三步併作兩步地奔向窗邊。她的臉頰因為憤怒而漲紅，無法大叫求助的她只好以冷峻輕蔑的癟嘴模樣來抵禦。

西村陽吉無視豔子的反抗，依舊抱著半開玩笑的心態，步步逼近。因為無恥的男人站在桌子旁擋住去路，豔子只能焦慮地靠著窗框。

西村的醜惡面容在豔子的眼中擴散。那一頭不似他這年紀會有的黑髮垂在頻頻冒汗的臉上，又短又窄的眉毛下方是目光銳利又充血的雙眼，薄薄的黑唇淫穢地張開，露出又長又黃的牙齒。

「住手！不要這樣！」

豔子的盛怒演技顯然無法遏止惡行，不由得大喊。無奈這般高亢聲音非但無法阻止西村的邪念，反而更增野心。

豔子察覺男人的手搭在她的肩上時，旋即轉身背對，緊抓著窗框，身後飄來的溫熱氣息掠過她的臉頰，上半身幾乎探出窗外。

窗外，遙遠的眼下之處是有如谷底的街道。挾在S大樓與連棟倉庫之間的狹窄石疊路十分昏暗，杳無人跡。

3

新聞記者山本次郎與推理小說家長谷川，兩人於下午四點左右步出位於S大樓附近的咖啡店。冬日西沉，十字路口的廣告招牌霓虹燈在黑藍色天空中更醒目，看起來卻有種莫名的哀傷感。

合作之一（初始）

寒風颼颼的傍晚時分，微醺的兩人高聲談笑，走在人煙稀少的石疊路上，響起咯咯的鞋跟聲，挾著沙塵的風不時吹得他們的外套翻飛。

「走在這一帶就不覺得是在日本呢！尤其是像現在這樣來往行人很少的時候。」

「那是因為你幾乎沒來這一帶吧。」

「大樓不是有地下室嗎？你看，在那裡吃便當的爺爺的頭，恰巧在我們腳底下的高度，這種感覺很怪啊！」

小說家一邊走，一邊從地下室的窗戶窺看屋內。某間地下室有好幾個戴著白帽的廚師在熱氣蒸騰的廚房裡忙碌工作；另一間地下室則是擺著一台印刷機器，有個孩子忙著送紙，這些人的頭都在兩人的腳底。

成排的建築物突然中斷，兩人走到一處夾在兩棟建築物中間的小路，瞧見前方有一道鐵製逃生梯，盡頭十分昏暗，堆著不少雜物。

「地下室、逃生梯，看到這種東西更覺得自己彷彿身在國外。分明就是推理小說的世界嘛！感覺好像會發生什麼可怕的犯罪事件。」

「還真像小說家才會說的話呢！犯罪情事確實層出不窮，但可沒有像推理小說描寫的那樣情緒賁張的傢伙，畢竟住在這裡的都是日本人。」

「是嗎？總覺得覆面怪人會從那邊的街角竄出呢！」

「哈哈哈哈！要是跑出那種東西就有意思啦！」

兩人不知不覺間拐入小巷，來到S大樓後方，一邊是成排的倉庫，路寬僅容一輛車子勉強通行。

「你看，那是什麼？」

小說家突然停下腳步，指著前方。

「咦？好像有人躺在地上，身體不舒服嗎？」

新聞記者也察覺不對勁。

身穿黑西裝的男子躺在昏暗的石疊路上，那樣子不像病人、醉漢，而是一具屍體。

兩人戰戰兢兢地湊近。

合作之一（初始）

「啊！血！」

小說家瘋了似地大喊。

「肯定是從這棟大樓墜下來，頭都變形了。」

記者一副見怪不怪樣，窺看著屍體這麼說。

「身體還是溫的，應該剛墜下來不久，是從哪裡呢？」

屍體的正上方疊著五扇窗，因為冬日寒冷，窗戶皆緊閉，唯獨最上面的五樓窗子開著，白色窗簾飄動。

「好像是五樓的樣子。」

新聞記者一邊說，一邊攀住一樓的窗框，從外頭咚咚地敲窗。屋內沒開燈，拉下百葉窗，似乎沒人。

「總之，先通報一聲吧。」

於是，兩人走到S大樓的大門口。走進玄關，正面並排著兩個電梯出入口，他們趕緊走過去按電梯鈕，有一邊的電梯門倏地下到一樓，鐵門咔啦咔啦開啟，有個男人步出電梯。鴨舌帽壓得低低的，裹著老舊的軍用斗蓬，看起來約莫三十歲左右，感覺有點粗鄙。衝出電梯的他踩著草鞋快跑，消失於昏暗夜色中。

「哪裡有電話？發生大事了。有人死在後巷那邊。」

記者揪住電梯男服務員，大喊道。

「五樓的辦公室有電話。」

「那就趕快上五樓！」

「是誰死了？」

「不知道是誰，好像是從五樓墜落的樣子。總之，得趕快報警才行。」

「剛才衝出去的那個男人。」小說家走進電梯，「是從幾樓搭電梯？」問道。

「四樓。」

「怎麼了？」新聞記者好奇地問。

「總覺得他的樣子怪怪的。服務員，你不覺得有點怪嗎？」

「我從沒看過他啊！」服務員一邊搖著升降機的操控盤，回道。

合作之一（初始）

電梯一上到五樓，三人旋即衝進辦公室。新聞記者趕緊打電話報警，順便打回報社告知發生凶案。

唯一留在辦公室的職員聽完小說家的說明後，趕緊奔進面對後巷的房間，小說家緊隨在後。電梯男服務員和另一位同事再次走進電梯，前往陳屍現場。

五樓面對後巷的房間都被西村電器商會承租。說是全部，其實就是社長室與會客室，還有兩間打通的辦公室以及洗手間。

職員與小說家長谷川先生前往另一間辦公室，告知其他幾名公司職員。大夥全衝向窗邊，打開窗子，俯瞰下方的街道。

昏暗街道上，連同那位電梯服務員在內，有好幾個人圍著屍體。一具變形的黑色物體倒臥在地，昏暗中還是能清楚瞧見地上的大片鮮血。

「那不是我們社長嗎？」

有位職員喊道。

「不會吧？！」另一個人也喊道。「喂！有誰知道那是誰嗎？」朝著樓下大喊。

「是西村先生！」

樓下傳來回應。職員們莫不臉色驟變，立刻打電話到社長家，也打去工廠確認。

總務課的北川和兩、三位職員一起去社長室察看。除了房門敞開，窗戶開著之外，屋內並無異狀。

「應該是從這裡掉下去吧。問題是，社長沒理由自己跳下去啊！這就怪了。有誰那時也在場嗎？」

職員們鐵青著臉，互瞅彼此，竊竊私語。

電梯不停上上下下，不只西村商會的員工，其他公司的人也來到五樓；另一方面，聚集在屍體四周的圍觀群眾愈來愈多。山本記者任職的報社拍攝組也來到現場。

「拍了一張屍體的照片。」

他們來到五樓，一臉得意地向山本報告。

不久，一班員警趕到，山本和拍攝組的同事也趕緊回到陳屍現場。待警方勘驗完畢，屍體被抬進大樓的一間客房暫時放置。警官們也搭電梯上到五樓，一群人緊隨在後。

4

好幾個人圍坐在西村商會會客室的圓桌。除了檢警一方，還有西村商會的高層幹部，山本記者也以此案的發現者身分列席，小說家長谷川不曉得跑去哪了。

「這起命案似乎是在這一小時之內發生，居然沒人注意到，實在很奇怪，難道沒聽到任何聲響嗎？」

應該是檢察官的人開始訊問，主要回答者是總務課的北川。

「因為是密閉式空間，所以聽不太到什麼聲響，我剛詢問過其他人，並沒有人注意到有什麼異樣。」

「最後進入社長室的是誰？」

「是我，也是才剛進去過。我拿著要請社長用印的文件，想說去社長室一趟。我走到社長室，打開門一看，發現社長不在，帽子和外套還在，門也沒鎖，想說他可能去附近一下吧。於是又走回辦公室。」

「有人在你之前進社長室嗎？」

「記得是打字員瀨川豔子小姐，她剛剛下班了。社長叫她過去幫忙寫信，約莫過了三十分鐘後才回到辦公室。因為再過半個鐘頭就可以下班，所以她就先走了。」

「她看起來有什麼不對勁嗎？」

「沒有。」

「那位打字員是幾點離開社長室？」

「不太清楚，應該是三點半吧。」

「也就是說，這起事件是發生在三點半到四點半發現屍體這段時間囉。對了，平常沒什麼人經過後巷嗎？」

「如您所見，那條巷子是位於對面的倉庫後方與這棟大樓後方之間的一小塊空地，很少人經過。」

「也是，不然屍體早就被發現了。你們有想到什麼線索嗎？畢竟也不排除是他殺。」

「也不算是什麼線索，最近社長收到不少封恐嚇信，而且對方一直糾纏不休。」

「是誰寄的？」

「被解雇的工廠工人們。因為都是匿名，所以也不曉得是誰寄的。」

「有可能做出什麼不理智的行為嗎？」

「被解雇的幾名工人中，的確有比較不理智的傢伙。」

「可以看一下解雇員工的名冊，還有恐嚇信嗎？」

「只要問一下廠長，就能知道那些危險傢伙的名字。」一同列席的技師長插嘴道。

「工人可以隨意進社長室嗎？走廊沒設負責接待的櫃臺嗎？」

「沒設什麼櫃臺，訪客都是直接進去辦公室。反正外面掛著公司招牌，出了電梯之後，第一間就是辦公室。」

「所以可以直接進去社長室囉？」

「也不是不行。」

「從辦公室看得見走廊嗎？」

「因為裝的是磨砂玻璃窗，應該看不到外面。」

「所以可能有人經過辦公室前面，闖進社長室囉？」

「可是社長的桌上有呼叫鈴。」

「就算設有呼叫鈴，也不見得有餘裕按吧。接著要勘查一下社長室。就你來看，社長室有哪裡不對勁嗎？」

「社長室收拾得很乾淨，也沒有什麼打鬥痕跡，所以沒察覺到什麼異狀。」

「只有社長的公事包不見了，是吧？」

「是的，我確實有看到，但怎麼找都找不到。」

「公事包裡有什麼？」

「不清楚，不過早上我把兩千日圓交給他。社長不習慣帶錢包，應該是直接塞進公事包吧。」

「這筆錢是做什麼用的？」

「不曉得，我只是依社長指示，向會計拿了兩千日圓交給他。那是他自己要用的錢，想個名目向會計提領吧。我們公司美其名是股份有限公司，其實跟個人經營的商店沒兩樣。」

於是，檢察官從公事包造型到紙鈔種類，一一聽取相關情報，由書記記錄，這場夜間偵訊總算落幕。

5

山本當場寫完新聞稿，讓另一位記者帶回報社。他和等著會合的小說家長谷川一起步出大樓。想再聊聊這起命案的他們又走進附近一間咖啡廳。

「真是嚇人呢！」山本選了一個最角落的位子。

「就是啊！」長谷川嘆了一口氣。

「肯定是他殺，卻揪不出凶手，因為找不到任何證據。」

「便衣刑警也在場吧？」

「在啊。」

「我看他調查的挺仔細，搞不好有什麼發現。」

「這就不曉得了。聽檢察官的口氣，好像沒什麼重大發現。」

「鎖定凶嫌了嗎？」

「沒有。應該說，被解雇的工人有好幾十個，勢必得花點時間調查。」

「不是說有收到恐嚇信嗎？從筆跡搞不好能找到什麼線索。」

「這就不曉得了。對了，偵訊時，你去哪兒了？沒看到你。」

「我去四樓、三樓和頂樓晃晃。」

「為什麼？」

「想說會不會有什麼線索。」

「為什麼是四樓、三樓？」

「大家都覺得是從五樓掉下去的，但我覺得這麼想有點武斷。」

「可是五樓的窗子開著呀！」

「可以之後再關窗啊！陳屍的垂直線上，從一樓到五樓有五扇窗戶，還有頂樓的空曠地也有必要察看。除了過低的一樓、二樓之外，三樓以上，包括三樓，有四處地方可能是案發現場，把這些地方全都勘查一遍，絕對不是做白工。」

「有找到什麼線索嗎？」

「沒有。只知道社長室的正下方，也就是四樓是名為『石垣』的建築師事務所，三樓是空屋。這兩間的門都關著，所以沒辦法勘查。」

「看來你也對這種事很感興趣呢！但怎麼去那麼久？」

「因為我向電梯服務員、打雜的老爹，打聽各種事囉。多虧他們，我大概摸清楚這種大樓的事。」

「有掌握到什麼線索嗎？」

「這個嘛，好像有，也好像沒有吧。接下來就得憑我的本事了。」

「感覺你想深入調查這起事件。」

「可以的話囉。搞不好是意想不到的無趣事件。」

「有意思。那你就以不以身試險為原則，試試看吧。我也會幫忙，畢竟事關我的工作。」

「我們最初在電梯遇到的那個男人，的確是嫌疑人之一，可能是被解雇的工人，沒人知道那傢伙。他好像是走樓梯上樓的樣子，因為電梯服務員說他是從四樓搭電梯，而且除了他以外，沒遇到別人，所以那傢伙肯定是偷偷上樓。」

「原來如此。這麼說來，那傢伙的確很可疑，而且一副慌張逃離的模樣。」

後來兩人又續了好幾杯咖啡，暢聊關於犯罪的事。冬天的夜晚來得早，他們步出咖啡廳，已經晚上九點多了。

作者簡介

江户川亂步（えどがわ らんぽ，一八九四——一九六五）

小說家、日本推理小說開拓者，明治二十七年生於日本三重縣明張町。本名平井太郎，江戶川亂步（EDOGAWA RANPO）為其筆名，取自現代推理小說開山鼻祖的美國小說家愛德格·愛倫·坡（Edgar Allan Poe, 1809-1849）的日語發音EDOGA-ARAN-PO。

一九二三年以〈兩分銅幣〉躍上文壇，從此展開推理小說創作。早期作品多以解謎色彩濃厚的本格派推理短篇為主，後以充滿異色獵奇風格的變格派迎來創作全盛時期，文壇甚至以「亂步體驗」來形容閱讀他的作品後帶來的特殊感官體驗。

然而獨特的寫作風格如同雙面刃，一九三二年亂步因不堪批評暫時封筆，直到一九三六年復出，發表《怪人二十面相》、《少年偵探團》等作品贏得年輕讀者的喜愛，筆下的名偵探明智小五郎與犯人周旋過招的形象，更成為日本社會中家喻戶曉的角色，至今仍可於長銷漫畫《名偵探柯南》中見其影響痕跡。

戰後致力於復興推理小說，創立了專門刊載推理小說的文學雜誌《寶石》，並設立日本偵探作家俱樂部（現為日本推理作家協會）、創辦江戶川亂步獎，藉此鼓勵推理小說創作。一九六一年獲日本天皇頒授紫綬褒章，與松本清張、橫溝正史並稱日本推理文學三大高峰。

平林初之輔

合作之二

「我沒說他是不慎墜落，我的意思是有五處可疑的墜落點，但我認爲死者可能是從五樓的窗戶或是其他四處地方失足墜落或是被人推落。」

6

那天晚上九點半左右的事。

會計部的野田幸吉剛好當值。下午五點多的辦公室十分安靜，處理完客訴電話的野田索性將有扶手的椅子挪到瓦斯暖爐旁，讓疲憊身軀癱靠在椅子上。

他看起來心神不寧，一下子站，一下子坐，不時走到通往社長室的那扇門，彎身從門上的鎖孔窺看裡頭。門上有封條，要是沒有警方的允許，不得入內。

過了一會兒，就在他整個人虛脫似地回座時，突然聽到有人衝上樓梯的聲音。野田全神貫注地聽著，腳步聲愈來愈近。

腳步聲在他待的房間門口停下來。

傳來叩叩的敲門聲。

他盡可能地佯裝鎮靜，

「哪位？」問道。

「我們是警察，必須立刻調查一些事，請開門。」

野田嚇了一跳，聽到對方是警察，當然得開門。他從口袋掏出鑰匙，用顫抖的指尖將鑰匙插入鎖孔，轉了一下。

「那麼晚還來打擾，不好意思。」警官有禮地致歉，是剛才來過的那位年輕刑警。

冬木刑警坐在野田挪到瓦斯暖爐旁的那張椅子上，看向野田。

「因為我突然想到一件事情，想說來問一下。」

冬木從口袋掏出一包朝日香菸[1]，一邊用瓦斯暖爐的火苗點菸，這麼說。

「在那之前都沒人開過社長室的門，對吧？」

冬木瞄了一眼門那邊。

「是的，一直關著。」

「其實情況對總務課的北川先生很不利，所以想再一次清楚詢問北川先生最

譯註1　當時的香菸品牌。

後進入社長室的時間就是你剛才說的，沒錯吧？」
「是的，的確是四點十五分。」
「之後就離開了？」
「是的，待了一下子而已。」
「待了一下子？」
「是的，大概三分鐘，頂多不到五分鐘吧。」
「從社長室走出來的他有什麼不對勁嗎？」
「沒有，不覺得他有什麼異狀。他問大家，社長去哪裡了？」
「他的口氣有什麼不尋常嗎？好比聲音顫抖、嗓門比平常大，或是口氣很刻意之類的。」
「這我倒是沒感覺到。」
「他待在社長室的期間，沒傳出什麼奇怪聲響嗎？」
「是的。」

「謝謝。可以讓我看一下社長室嗎？窗戶還是保持原樣吧？」

這麼說的冬木刑警起身離座。

野田也跟著站起來。

冬木卸下門上的封條，率先走進去，野田跟在後頭。

扭開燈後，室內變得如白晝般明亮，裡頭陳設整整齊齊，讓人絲毫聯想不到是凶案現場。

冬木刑警默默地走向敞開的窗戶，一邊從口袋掏出放大鏡，說道：

「不好意思，可以弄個燈之類的照亮這裡嗎？」

野田趕緊放長電燈的電線，右手拿著一百瓦的燈泡，站在窗邊。

冬木刑警用放大鏡察看窗框各處，像在尋找什麼似的，然後掏出一把刀將塵埃似的東西刮進油紙裡。弄完後，又用放大鏡勘查窗戶下方的油氈地板，像蜘蛛般在地上爬行，仔細調查，又用刀子刮了些塵埃放進油紙。

「沒有風，所以很順利。」

他一邊挺起腰桿，一邊小心翼翼地將油紙包塞進口袋。

然後將門上的封條封好，兩人回到辦公室，坐在暖爐旁。

冬木刑警點了一根朝日牌的菸。

「打擾了。那就……」

就此告辭的他突然想起什麼似的，停下腳步。

「你說打字員瀨川豔子小姐是三點左右去社長室，對吧？」

野田被這麼一問，不知為何，聲音顫抖地回應：

「是的。」

這聲回答讓人聽得出他很緊張。

不過，冬木刑警倒也沒太在意地又問：

「瀨川小姐今天穿的是什麼質料的衣服？」

「我想應該是棉綢。」

「外套呢？」

「應該是羊毛料吧。」

「外套的花樣混著紫色嗎？」

「是的，有大片紫色花樣。」

詢問告一段落，冬木刑警離去。刑警離去後不到五分鐘，又傳來慌張上樓的腳步聲，讓野田驚詫不已。腳步聲果然停在西村電機商會辦公室的門口。

又傳來敲門聲。

「不好意思，這麼晚來叨擾……」

推理小說家長谷川氣喘吁吁地走進來。

「剛剛還真是一陣慌亂啊！後來有發生什麼事嗎？」

「是還好。對了，剛剛白天的刑警又過來一趟。」

「是喔。是個子比較高的，還是比較矮的？」

「比較矮的那一位。」

「那應該是○○警署的冬木刑警吧。那位刑警辦案挺認真呢！對了，他來調查什麼？」

野田幸吉詳細說明冬木刑警詢問北川進入社長室的時間，以及他用放大鏡仔細檢視窗框各處與地板，以及他把塵埃似的東西用油紙包好帶走一事。

長谷川一邊頷首地聽著，待野田說明完後，

「就這樣嗎？」

為求慎重起見，又問了一次。

野田又說刑警離走前，問了瀨川小姐的事。

「他問穿的是什麼質料的衣服嗎？」

「是的，問了衣服的質料與顏色。」

野田一臉驚詫地回道。

「厲害。」

長谷川不由得拍了一下膝頭。

「和我一樣注意到同一處地方，但我比他更早察覺就是了。……野田先生，我也準備了一支放大鏡，可惜警官離開之後，就不能進去社長室調查了。不過，就算不調查也知道結果。」

這麼說的長谷川也拿出一支放大鏡。

長谷川步出S大樓時，從房間傳來告知十一點的報時鐘聲。

7

○○署因為兩、三個月前，白天發生的住井貿易商遭搶劫一事飽受批評，已被警視廳特別關注，所以對於西村電機商會社長慘死一案，自然戰戰兢兢以對。從署長到負責偵辦此案的刑警莫不期許能以此案扳回一城，挽回名聲。

山川署長與恒藤司法主任正在署長室，促膝密談。主任滔滔不絕地說著，署長則是抽著Bat牌菸[2]聽著，不時頷首回應。

譯註2　Golden Bat，當時最具代表性的香菸。

「……試著測量從地板到窗框的高度剛好是二尺五寸[3]。這是重點，二尺五寸的高度剛好到一般男人的腰部一帶，要是窗框高度及腰，就算在房間裡又滾又滑，也不可能失足墜樓，更何況房間裡一點也沒有滑倒、滾落的跡象，所以我覺得可以完全排除失足墜落的可能性。」

再來是自殺的可能性，也是找不到任何相關證據。首先，我們詢問家人、員工各種問題，都說社長最近沒有任何異狀；雖說因為裁員、收到恐嚇信，難免心情不好，但他是個非常有活力的人，不可能會為了這種事自殺。今天發生慘事之前，北川還拿了一封恐嚇信給他看，他也是不置可否地笑著說：『又來了。還真是有毅力啊！』而且搜遍社長室，也沒有找到像是遺書的東西。他明明有充分的時間寫遺書啊！畢竟對於公司、對於家人，他都必須好好交代才行，卻沒有留下任何像是遺書的東西，光是這一點就足以證明不是自殺。再者，慘事發生之前，他請打字員代寫一封給山田貿易商會的信，末了還寫道：『請明天早上十點來一趟敝社，想根據您提出的條件，進一步協商。』要自殺的人應該不會約別人明早見面吧。所以……

如果不是失足墜樓，也不是自殺的話，那就只能認定是他殺了……」

「原來如此。所以這是你認為北川涉嫌的理由囉？」

署長一臉滿意地聽取恒藤主任的說明，這麼反問。

這時，傳來敲門聲。

「我是冬木。」

報上名字，走進來的是從西村商會趕回來的冬木刑警。署長一邊用下巴示意冬木坐下，雙眼則是直盯著恒藤主任，等待他的回答。

「看來必須依序說明才行。」

恒藤主任瞅了冬木一眼，說道。

「如您所知，被害者陳屍於五樓敞開的窗戶正下方，而且依據發現者，也就是山本與長谷川的證詞，發現時屍體還是溫熱的。後來法醫的驗屍報告結果顯示

譯註3　約七十五公分。

死者的後腦杓與肩胛骨有嚴重的撞擊傷，身上沒有任何燒傷、刀傷，也沒有任何遭到毒殺的跡象，這不就說明了一件事嗎？那就是死者肯定被人從五樓的窗戶推落致死。畢竟死者身上除了嚴重的撞擊傷之外，沒有其他致命死因。再者，發現當時屍體雖然還有點溫溫的，但畢竟是具屍體，加上陳屍處位於五樓窗戶正下方，光是這兩點就能確立死者是被人從五樓窗戶推落致死。」

這麼說的他像是在觀察聽者對於自己的推論有什麼反應似的，交相看著署長與冬木刑警。

「所以囉。」

恒藤主任一臉得意地繼續說。

「究竟是誰將西村從五樓推落，就是接下來要推究的問題。我認為這是個再明白不過的問題。你們想喔，發現屍體的那兩位證人都說當時屍體還溫溫的，這一點很重要。一般人發現有人倒臥路邊時，會先摸頭啊、四肢察看是否還活著，何況當時死者身穿西裝，實在不可能特意解開扣子，摸摸死者的胸部和腹部，也不可能脫下死者的鞋子，察看腳之類的。既然兩位證人都說屍體當時溫溫的，可見應該是摸死者的頭部或手，搞不好是摸頭部察看是否還活著吧。從五樓的窗戶墜落到石疊路上，毫無疑問就是當場慘死。那麼，當場慘死的屍體，而且是頭部還溫溫的這件事，就能說明那兩位證人是在屍體墜落後十分鐘以內恰巧經過那裡，不是嗎？」

「原來如此。」

坐在椅子上的署長一邊晃著身體，恍然大悟似地上半身前傾。

「兩位證人發現屍體是四點三十分，以此推斷死者從五樓被推落是在四點二十分到四點三十分之間。總務課那位名叫北川的男子剛好在這段時間進入社長室，而且除了北川以外，沒有人在這段時間進入社長室，這就是我之所以認為北川涉有重嫌的理由，不，應該說，他就是凶手。」

8

「是喔。」

山川署長頗認同恒藤主任這番推論，但還是有些疑慮地說：

「那個叫北川的男子還沒招供嗎？」

「真是個狡猾的傢伙，明明罪證確鑿還想隱瞞，這傢伙可真是嘴硬啊！不過看著好了。今晚一定讓他吐實。」

恒藤主任慍怒地說。他覺得署長似乎不太相信自己的說明，所以心裡有點不平。

署長看向靜靜聽著的冬木刑警，問道：

「冬木，你那邊有什麼新發現嗎？」

「這倒是沒有，不過我也調查了一下。剛剛主任的說法很有意思，的確是一大參考，但我對於一、兩個觀點有不同的看法，可以提出來嗎？」

「哦，有意思，你說說看吧。」

這麼說的署長把椅子挪向冬木那邊。

恒藤主任一派不屑的態度，默默地瞅著冬木刑警的嘴角一帶。

「首先，我對於主任斷定死者是被人從五樓推落致死這一點，抱著些許疑問。」

「哦哦，所以你的意思是，死者不是被人從五樓的窗戶推落囉？」

「至少從五樓窗戶以外的地方墜落，屍體也會躺在那處地方。」

「什麼意思啊？你有想到什麼嗎？」

恒藤主任嘴角浮現一抹輕蔑神色，不屑地看向旁邊。

「從二樓到屋頂，一共有五處可疑的墜落點。」

並未看向恒藤主任的冬木刑警繼續說。

「你的意思是死者是從哪裡失足墜落囉？」

「我沒說他是不慎墜落，我的意思是有五處可疑的墜落點，但我認為死者可能是從五樓的窗戶或是其他四處地方失足墜落或是被人推落。」

「哦，這也是個有趣的觀點呢！」

署長再次將椅子挪向冬木刑警那邊。

恒藤明顯露出一副懶得聽你說蠢話的模樣，起身離座，開始走來走去；雖說如此，他還是像兔子一樣伸長耳朵，注意聽著冬木說的每一句話。

「首先，陳屍處是在五樓窗戶的下方，十分靠近那棟大樓的外牆突出部分，也就是說，那具屍體墜落時幾乎和外牆突出部分的石材碰觸過，最後橫躺在那裡。如果那具屍體是被人從五樓窗戶推出去的話，就必須避開二樓與一樓之間的突出部分才行。換句話說，如果從窗戶直接墜落的話，肯定是碰觸到突出部分之後彈飛，若是這樣的話，屍體應該是落到路中央，當然也可能落地後才滾到陳屍處。以那棟大樓的高度來說，如果從二樓墜落的話，屍體不可能滾動；也就是說，要是從五樓墜落的話，就像牡丹餅[4]掉在地上，變形得慘不忍睹；至少墜落在水平的石疊路上，絕對不可能滾到將近一間[5]遠的地方。」

「原來如此。」

署長對於冬木的論點似乎很感興趣。

恒藤主任也不再固執己見，坐回椅子上靜靜聽著。

冬木刑警繼續說：

「我後來仔細勘查陳屍處的石疊路，沒有任何從高處墜落的痕跡，雖然有血跡，卻是靜靜流淌的血跡。若是從五樓墜落的話，石疊路面上應該會沾付些許肉屑與毛髮，但絲毫沒發現。

再者，我剛才看了解剖屍體的驗屍報告，除了撞擊傷之外，沒有其他類型的傷，所以肯定是因為撞擊傷致死，但撞擊傷不一定是從五樓窗戶墜落所致，況且是否是從五樓墜落這說法，還有幾個無法說明的疑點。第一，那具屍體的撞擊傷只有後腦杓與肩胛骨兩處，而且後腦杓的撞擊傷是從後面施力所致，肩胛骨的撞擊傷則是從上方施力所致，如果是從高處墜落而造成的撞擊傷，應該是從同一個

譯註4　包紅豆餡的糕點。

譯註5　約一・八一公尺。

方向施力才對，不是嗎？」

「嗯，這不太清楚，不過好像應該是吧。」

署長用力頷首。

「況且屍體的腦部幾乎嚴重變形，四肢關節卻完好，身體的其他部分也沒有遭受強力撞擊的痕跡，衣物之類的也沒什麼污損。如果是從五樓墜落的話，四肢關節應該會變形損傷吧。」

署長和主任似乎被冬木刑警的明快論點給收服，只能默默地聽著。

9

「不過，我還是滿腦子疑問，所以去了一趟社長室，用放大鏡仔細檢視窗框各處。若是從那扇窗戶墜落的話，體型較胖的死者不太可能像橡皮球一樣，從高二尺五寸的窗框衝飛出去，因為窗框勢必會擋住，而且至少衣物之類的東西會摩擦到窗框。那扇窗子的窗框有點掉漆斑駁，露出粗糙的木材質地，所以要是強烈摩擦的話，窗框一定會沾付死者穿的梅爾頓羊毛衣上細細的羊毛料，但不管我怎麼勘查都沒找到，倒是發現名叫瀨川豔子的打字員穿的衣服質料，看來那女的最近肯定倚靠過那扇窗框。」

「若是這件事的話。」

署長打斷冬木的話。

「警視廳那邊剛剛傳來報告，我忘了你還不知道這件事。

瀨川豔子詳細說明這起案件的開頭，也就是在社長室發生之事的來龍去脈。最後她供述：『不曉得是誰敲著社長室那扇通往走廊的門，所以社長慌忙鬆開我的手，我趕緊跑回辦公室。』問她是誰敲門，瀨川說她不知道。」

「哇、這可是很重要的供述呢！」

冬木刑警忘了自己的話被打斷，不由得大叫。

「也許吧。不過，我還是想聽聽你的調查結果。」署長說。

「總之，就像我剛才說的，死者絕對不是從五樓的窗戶被推落，應該也不是從哪一扇窗戶被推落，這是我的結論。死者可能是在陳屍現場慘遭殺害，或是在附近遇害，再被凶手移屍到那裡。我認為應該是這兩種情形。」

「主任提到屍體被發現時還溫溫的這一點也很重要，我對於這論點也很佩服。要是真的從五樓墜落的話，身負重傷的屍體還能殘留餘溫，可見死者剛遇害不久，可能二、三分鐘之前遇害，頂多五分鐘吧。雖然主任說是十分鐘，但我認為頂多五分鐘，即使只差了五分鐘，卻攸關屍體變冷的速度問題，所以差一分鐘都有差。因此，我和主任的結論相反，主任認為北川是凶手，我倒認為他絕對是無辜的。

主任說北川是四點二十分到四點三十分之間進入社長室，這說法不對，北川是四點二十分離開社長室。就算北川推落社長之後馬上離開，離屍體被發現時已經超過十分鐘以上，那麼屍體還溫溫的說法就不合理了。不管怎麼想，死者應該是四點二十分之後，大概是四點二十五分到四點半之間遇害才對。這麼一來，北川就有不在場證明，因為他四點十五分去社長室，四點二十分離開，後來就一直待在辦公室。

不過，這一點還要聽取專家的意見才能斷定。證明北川無罪的有力證據就是他離開社長室之後並無異狀，不管再怎麼大膽，不可能在隔壁房間殺害老闆之後，還能平靜地繼續工作，畢竟避人耳目都來不及了。況且隨時可能有人進入社長室，所以怎麼想都不可能在門沒鎖的情況下大膽行兇。再者，就算後巷人煙稀少，但畢竟大樓位於東京市區，隨時都可能有人經過那裡，所以把人從窗戶推落致死的手法就像在舞臺上殺人般的危險伎倆，怎麼想都覺得這種故意暴露自己行兇的大膽手法實在沒道理。

「要是北川無罪的話，那麼待在社長不在的社長室達三分鐘、五分鐘之久，也很奇怪啊！只要打開門，就知道社長在不在，何必還要進去呢？」

恒藤主任插嘴。

「話是這麼說沒錯，但身為公司一員，難免會好奇社長、頂頭上司私底下的一面。就像北川的證詞，那男人肯定看過西村社長放在桌上的文件、明信片之類的，所以他才多少記得明信片上的內容，不是嗎？合理懷疑，他八成也開抽屜察看過。」

「這番議論就此打住吧。」

署長挺直前傾的上半身，這麼說。

「冬木，你有想到誰的嫌疑最大嗎？」

「沒有，我還沒有鎖定任何人。不過，就像署長之前說的，必須儘快找到瀨川豔子說的那個敲社長室門的人。還有，必須進一步偵訊那個今晚當值，名叫野田幸吉的男人。那男的擔任會計，他說今天拿了兩千日圓現鈔給西村社長。因為沒找到現金與公事包，所以有必要釐清野田是否真的給了西村社長這筆錢，而且他可能還知道什麼也說不定。當然，他不見得就是凶手，但瀨川去社長室期間，他也不在辦公室，這一點就很奇怪了。搞不好敲社長室門的人就是他。再來就是儘快鑑定恐嚇信的筆跡，仔細調查究竟是員工的惡作劇，還是對死者心懷恨意之人搞的鬼。這麼一來，就得改變偵察方向了。此外，也要搜索與發現屍體的那兩位證人在電梯口擦身而過的男子，還有遺失的公事包。其實就像我說的，如果死者不是被推落致死的話，肯定有凶器，必須儘快找到才行。」

署長、司法主任與冬木刑警就這樣交談了好一會兒，三人擬定今後的偵察方向便散會，此時已經深夜一點多。

10

「野田終究還是被收押，是吧？」

「對了，昨晚……應該說是今天早上，那些到總部集合抗議被解雇的工人被一網打盡，報紙還沒刊登出來就是了。」

「是喔。鑑定過筆跡了嗎？」

「嗯。不過，好像沒有神似那封恐嚇信的筆跡，還是要請專家鑑定才知道吧。你不是對這案子很感興趣嗎？有發現什麼線索嗎？」

「身為小說家的我只是抱著半玩票的心態，怎麼可能有什麼重大發現啊！要是真有的話，不就讓那些刑警沒面子嗎？」

「不過，多少還是有發現吧？」

「你是說凶手嗎？」

「嗯。」

「完全沒頭緒吧。只知道死者不是從五樓被推落致死。」

「這可是大發現呢！怎麼說？」

「算是大發現嗎？〇〇署可是比我先知道呢！就是那個叫冬木的刑警，他比我先發現到這一點。你有拍幾張屍體的照片吧。可要好好收著，可能會成為有力證據呢！只要好好研究那具屍體的模樣，就能明白死者不是被人從五樓推落吧。」

新聞記者山本與推理小說家長谷川於案發隔天早上九點，服務生還在挽袖清掃時，坐在咖啡廳「菫軒」的角落位子，一邊啜著熱熱的巴西咖啡，聊著那起命案。

「哦，已經九點多了。你現在去上班還太早了。如何？要不要和我散步一會兒啊？搞不好可以發現什麼有趣的東西哦！還能當作新聞素材也說不一定。」

「那就得保密了。什麼有趣的東西啊？果然還是和昨天那件案子有關嗎？」

「當然囉。反正就聽我娓娓道來吧。我想搜尋那把殺人用的凶器。唉唷，別露出那麼驚訝的表情嘛！我可不是胡亂搜索，而是有根據，有鎖定搜索範圍，所以一定能找到。」

兩人在桌上放了一枚五十錢硬幣，步出「堇軒」，一早的天空陰沉，寒意襲身。長谷川向山本說明自己為何斷定死者並非被人從五樓推落的經緯，基本上與冬木刑警的論點大同小異，就不贅述了。不過，他最後這麼說：

「從撞擊傷痕推論，不見得是金屬，有可能是棍棒或球棒之類，或是再稍微大一點的東西，而且凶手不可能大老遠地帶著這種東西來找死者，所以凶器肯定丟在命案現場附近。」

還有一點是冬木刑警沒提到，長谷川告訴山本的事。

「還有那個和我們在電梯口擦身而過的男子，那男的披著軍用斗蓬，看起來很像工人，是吧？你有看到他的手嗎？好纖細、好白皙，做工的人有那種手還真是稀奇呢！所以我覺得他應該是刻意喬裝。當然，也許你覺得我這說法根本是小說家的幻想。」

就在他們低聲交談時，電車停在○○站，兩人趕緊下車。從車站到S大樓的距離約一町半[6]。

「好，開始搜索吧。以S大樓為中心，徹底搜查半徑一町左右範圍內的溝渠、垃圾桶之類，還有其他不太會被注意到的地方，尤其是那種鮮少有人經過的巷子更要仔細搜索。」

約莫過了三十分鐘後，兩人分頭徹底搜查暗處、溝渠、垃圾桶等，結果徒勞無功。

「我放棄了！」

長谷川失望不已地說。

「你的想法果然是小說家的幻想囉？」

山本笑著說。

「應該不是吧。不過啊，應該從一開始就確立好搜查方向才對。我還是想再搜查一遍，你快遲到了。趕快去上班吧。」

這麼說的長谷川看向不遠處，瞧見有個矮個子男豎起外套領子，眉頭深鎖，頻頻搜尋什麼似的朝S大樓這邊走來。

「喂、你看。」

長谷川拍拍山本的肩頭，說道。

「你看。那不是冬木刑警嗎？還真是嚇一跳呢！他的推論果然和我們一樣。看他那樣子好像在找什麼，肯定是在找用來作為凶器的棍棒之類的東西吧。我敢跟你打賭。」

「不會吧！看來你們的想法一致呢！搞不好你再搜索一遍就會找到。」

兩人躡手躡腳地走向冬木刑警。

「這不是冬木先生嗎？」

譯註6　約一百六十五公尺。

長谷川突然從冬木身後喊道。

「一早就這麼努力工作啊！」

「還真是巧呢！兩位要去哪兒？昨天真是失禮了。」

冬木一臉驚愕地抬頭，說道。

「我們和你一樣是來找東西的，昨晚可是被你搶先一步呢！我也有帶放大鏡，想上五樓去看看，沒想到你已經先上去勘查過了，只好打消念頭。今天我可是比你早一步呢！我看這一帶不必搜查了。我們已經分頭仔細搜過了。徹底到水溝裡的老鼠都被我們吵醒了。」

「我不是來搜查什麼……」

冬木明顯一臉驚駭，卻佯裝若無其事地回道。

「我可是看得很清楚呢！你那雙手是怎麼回事？我們的手都像煙囪一樣黑，是吧？你就別藏了。我們好好交換一下情報，如何？我倒是想到一件事。」

冬木刑警發現與長谷川合作頗有利，於是兩人決定合作，交換意見與情報。

合作之二

山本因為還有工作要忙，遂向長谷川說：

「要是發現什麼能夠透露的話，記得跟我聯絡一聲。」

便急忙走向電車站。

「我想到的那件事，你應該也知道吧。」

目送山本離去的長谷川對冬木這麼說。

「你應該知道愛倫・坡（美國詩人・小說家，代表作有《莫爾格街兇殺案》）的推理小說《被偷走的信》吧。搜遍家裡都沒找到那封信，原來是插在面前的信匣裡。人家不是常說當局者迷、猝不及防嗎？我現在想到的事就是凶器一定藏在那棟大樓的某處，要不要一起去找找看？和警察在一起，做事方便多了。」

「既然你都這麼說了，當然樂意隨行囉。」

就在兩人走進S大樓時，恰巧有位頭戴咖啡色紳士帽，身穿深灰色外套，戴著有色眼鏡，看起來約莫四十歲的紳士與他們擦身而過。長谷川覺得這人很面熟，卻想不出來在哪裡見過。

「那人的樣子還真怪呢！是神經痛嗎？看起來好像忍痛按著腰部一帶。」

「被你這麼一說，我總覺得好像在哪見過那男的，但一時想不起來。」

兩人就這麼交談著，搭電梯上五樓。

長谷川率先走進辦公室。

「這棟大樓有空房間嗎？」

「剛好有三間。」

「四樓有嗎？」

「四樓也有一間空著。」

事務員搓著手，回道。

「剛才有位客人來看房。」

冬木出示警徽，事務員隨即帶他們去那間空房。

四樓的空房位於出電梯後，右邊的二十七號房，房門沒鎖，裡頭空蕩蕩的。

「那位客人剛走，你們慢慢看。」

事務員留下這句話後離去。

兩人走進房間，張望四處，沒有看到他們想找的東西。這時，他們突然看到房門右手邊的牆壁貼著一張明信片大小的紙。

兩人默默地注視著那張紙，異口同聲驚叫。因為紙上寫著這樣的字句。

被我帶走的凶器現在應該已經在某座暖爐裡化成灰吧。

軍用斗蓬男 啟

十二月二十三日上午十點十八分

「十點十八分，看來這是十五分鐘之前寫的。」

長谷川急忙看錶。

「軍用斗蓬男可能是昨天和你們在電梯口擦身而過的男子，記得昨天你們也是說他從四樓搭電梯。」

「啊！總覺得剛才在入口和我們擦身而過的紳士帽男，好像在哪裡見過，果然沒錯。」

「這麼說來，他之所以按著腰部一帶，可能是把凶器藏在外套底下。」

「方才來看房的人肯定是他。冬木先生，看來這案子比想像中來得複雜。」

「凶手可能是他。」

「總之，他應該和這起命案脫離不了干係。」

兩人一臉茫然地互瞅。

作者簡介

平林初之輔（ひらばやし はつのすけ，一八九二—一九三一）

文藝評論家、推理作家、翻譯家，出生於日本京都府。一九一七年畢業於早稻田大學英文科。一九二二年加入雜誌《播種的人》，並於隔年一九二三年發表評論集《無產階級的文化》，為初期無產階級文學運動著名的理論家。然而隨著運動本身的質變與政治化，平林逐漸脫離運動，於一九二九年發表〈政治性價值與藝術性價值〉，對無產階級文學運動抱持懷疑的態度，從根本上批判馬克思主義藝術論，並於同年發表評論集《文學理論的諸問題》。自此以後，致力於建立基於法國實證主義的文學理論。一九三一年以早稻田大學留學生的身分前往法國，代表日本出席第一屆國際文藝家協會大會，但不幸客死異鄉。譯著有盧梭的《愛彌兒》。

合作之三

森下雨村

很想大聲叫好的沖田刑警一臉緊張地斜睨著留公的嘴角。留公一副沒想到會被問到這問題的模樣，眨著眼睛，看著小西警官。

11

「要不要追出去？我想應該沒走遠。」

突然這麼說的推理小說家長谷川走向門口，冬木刑警卻一副略有所思樣。

「追出去啊……」

冬木刑警頗猶豫地說：

「應該追不上了吧。也不曉得那傢伙往哪兒走，我倒是覺得……」

果然一副在思索什麼的口吻。

「覺得有什麼不太對勁嗎？」

原本衝向門口的長谷川停下腳步，問道。

「是啊。我剛剛突然想到，我們認為他是凶手的想法似乎錯了。」

「為何這麼說？！他不是帶著凶器嗎？」

「凶器？是不是凶器，也是個疑問。總之，如果他是凶手，也太惡作劇了。自己殺了人，不但隔天跑來現場，還貼上那樣的紙條，未免太刻意了。」

「狡猾的傢伙有可能這麼做，況且昨天他是從四樓搭電梯。我想，他應該是在這房間行兇。」

「在這房間？」

長谷川這番意外之詞，讓冬木刑警瞠眼看著站在面前的推理小說家。

「我總覺得是這樣。」

「意思是引誘死者來這裡，然後殺害？」

「嗯，可能是這樣。」

「可是這房間沒有窗戶啊！」

「這個嘛，屍體不一定要從這裡扔出去啊！趁大家四點半下班後，偷偷扛著屍體到隔壁房間或是三樓的房間，又或者這房間沒人在的話，就能用備鑰偷偷開門進來行兇，這樣屍體就不是從四樓的窗戶扔下去。」

「如果這麼做的話，應該多少會留下行兇痕跡，好比足跡之類的，不是嗎？」

冬木刑警一邊勘查房間四處和地板，否定長谷川似地說。

「沒有留下任何痕跡的意思是，凶手行凶手法讓血連一滴也沒飛濺。關於這部分，之後還要問一下法醫才知道，也許用了麻醉劑先迷昏死者吧。總之，凶手用了讓死者毫無反抗餘地的行凶手法，不然應該有人察覺才是。」

「是啊。不過，殺了之後才是問題囉。」

「沒錯。依你的推論是在我們發現屍體之前的五分鐘行兇，是吧？那就應該是四點二十分左右。因為那時在大樓裡工作的人絕大部分都下班了。所以凶手可能趁這時候搬運被迷昏的死者。再者，那位打字員是在三點半離開社長室，北川說他是四點十五分進入社長室，發現社長不在。那麼，這段將近二十分鐘的時間，死者在哪裡呢？我覺得這是一大疑問。況且瀨川之所以離開社長室是因為有人敲門，可見死者那時和某個人碰面，搞不好還一起離開社長室。如果那時是一起離開的話，表示他們三點半到四點半這段時間待在某個地方，問題是都沒有人看到，這不是很奇怪嗎？」

「……」

一直默默聽著的冬木刑警以用力頷首代替回應，長谷川繼續滔滔不絕地說。

「看來得說明一下才行。總之，我覺得這是個問題，或許只是我的想像吧。我認為有共犯，兩個人巧妙地犯下這件案子，在這裡行兇，然後刻意弄成死者從窗子墜落致死的假象。」

「原來如此。那麼，為什麼在牆上貼這張紙呢？」

「這個嘛……看起來像是惡作劇，但我認為並非毫不相干的惡作劇，怎麼說呢？要是與這案子毫不相干的人，沒理由冒險搞這種事，畢竟要是被發現，可不是道歉就能了事啊！還有，我之所以這麼說，是因為就是有想做這種事的傢伙。就是有那種犯下惡行後，抱著誇耀、嘲諷心態的傢伙。總之，我認為這案子有共犯。說得更詳細一點，就是凶手用於犯案，或是打算用來犯案而帶來的凶器並未派上用場，於是解決了放在這裡的屍體後慌忙逃離，事後又回來拿走，所以才會有這個惡作劇。剛才那男人確實用外套遮著棍棒之類的東西。」

「您的推論很有意思，不愧是推理小說家，可是……」

冬木刑警的口氣似乎不太認同長谷川的說法。

「問題是，就算是在這裡殺害，但還是不曉得凶手是如何把屍體搬運到陳屍處，況且死者身上的傷分明就是從窗戶墜樓所致。」

「我一直也是這麼認為，但仔細想想，死者身上的傷也不是那麼令人匪夷所思。」

「怎麼說？」

「怎麼說啊，不管是從哪裡墜落，肯定都會碰撞到一樓和二樓的外牆突出部分，形成緩衝作用，減弱落至地上的撞擊力道。至於你說的後腦杓的傷與肩傷的施力方向不同，我認為後腦杓是致命傷，肩傷則是因為碰撞到外牆突出部分所致，你覺得呢？」

「嗯……」

冬木刑警蹙眉。

「若是這樣的話，外牆突出部分應該留有什麼痕跡才對，要是肩膀撞到的話，因為還隔著衣服，所以不見得會留下痕跡；況且凶手要是心思縝密的話，一定會注意到這一點，消去任何痕跡，不是嗎？」

「但我還是覺得陳屍的位置很奇怪……」

「因為從五樓就可以看到陳屍位置，所以沒什麼好奇怪。」

「欸？你說看得到？」

「看得到啊！電梯服務員和辦公室那些人都從窗戶看到啦！」

「是喔。看來我的想法被徹底推翻……」

只見冬木刑警偏著頭，皺眉地喃喃自語。

12

冬木刑警與推理小說家長谷川先生在S大樓某個房間交談時，冬木刑警的同事，也是前輩的沖田刑警拖著沉重腳步，迎著寒風，走在從半藏門往三宅坂的土堤上。

他最近不但失去幹勁，甚至不時萌生想換工作的念頭。尤其是今天，他更加討厭刑警這份工作；雖然沖田自己並不在意年紀，但他比冬木刑警年長七、八歲，眼看就快五十了。不得不意識到自己在這年輕人較為活躍的圈子，已經到了被說老古董也只能默認的年紀。

長男國中畢業，準備考高中。今年四月，小兒子也從小學畢業，就算覺得自己還很有活力，但看在周遭人眼裡，確實已近半百，工作方面也深感自己怎麼樣也無法和年輕人匹敵。直到二、三年前，無論遇到什麼樣的案子都會抱著非得有番作為的好勝心，全力以赴，無奈現在的自己已經提不起勁。畢竟連自己都這麼想，沒被周遭人看在眼裡也是理所當然的事。

這次的事件也是，署長與主任允許冬木刑警放手去做，自己卻被當作資歷淺的年輕刑警對待，必須聽命行事。沖田當然深感不滿，卻也沒勇氣反抗。

昨晚，隨同司法主任與冬木刑警前往案發現場的他又帶著兩名年輕刑警前往工廠，向廠長桝本順吉要了素行不良的解雇員工名單。為了調查這些人，他們巡訪郊外一處城鎮，收工後打電話回署裡報備已近深夜兩點了。

因為昨天很晚才回家，沒辦法好好睡，只好睜著惺忪睡眼一早上工，署長與司法主任根本無心聽沖田的報告，只顧著和冬木刑警討論搜查方向，後來沖田又被指示立刻去拜訪死者家屬，看能否獲取相關情資。

如果可以的話，沖田希望能夠繼續昨晚的搜查，儘管不是很順利，但他總覺得能掌握到什麼，況且由自己的經驗來看，將搜查重點擺在素行不良的員工身上才是良策。無奈搜查方向改變，手邊的工作被迫中斷，沖田著實不滿，卻又不敢違抗上級的命令，只好乖乖地前往位於元園町的西村家查訪。西村的妻子昨晚得知噩耗後昏倒，無法面客，從女兒孝子的口中也問不出個所以然，詢問西村家的其他親戚，得到的和昨晚在現場從技師長、員工告知的事情大同小異。

「這樣子也沒辦法回去報告啊……署長和主任肯定不會給好臉色看。」

沖田別過臉，抵禦迎面襲來的沙塵，不斷在心裡嘀咕。離步出警署已經過了兩個多鐘頭，不曉得又發現什麼新事證，搞不好又要變更搜查方向。要是真的發現什麼眉目，肯定需要多一點人手，但此刻的他連打通電話回署裡都提不起勁，只想趕快衝進電車返家。

沖田下了三宅坡，來到參謀本部[1]時，突然想起在警視廳任職的小西警官。小西警官和他是同期的同僚，是個專抓偷竊、賭博的能手。原本在警察署待了十幾年的他後來調職到警視廳，前年通過考核，成了以專辦重罪犯出名的警官。沖田想說許久未見這位老同事，一方面也是因為不想回署裡，便興起去趟警視廳的念頭。

看來不急著搭電車了。沖田走過櫻田門，加快腳步走過宮城前的廣場，來到位於馬場先門的臨時廳舍。沖田走過長長的走廊，來到重大刑事部門的辦公室門口，就在他正要開門入內時，

「唷，這不是沖田嗎？」

身後傳來招呼聲。沖田回頭，身穿制服的小西紅著一張像是酒過三巡的臉，一邊用毛巾擦臉，從隔壁的係長室走出來，看起來依舊活力十足。

「你還是這麼忙啊！」

「嗯，就是啊！根本忙不完啊！一大早就有大活動要忙，贓物現在剛好運到。進來吧！我剛好也想抽根菸，喘口氣。」

「竊盜案嗎？」

「嗯，磯貝金的手下。之前被逮到時，因為未成年，所以逃過一劫。歲月不饒人啊！一眨眼就長大成人。你看，就是這些。」

小西警官開門，指著入口右邊辦公桌上的成堆贓物。

手錶、真皮公事包、女用飾品與手提包等，盡是看起來相當昂貴的東西。

「有同夥嗎？還是單獨犯案？」

「都有，就是在車站那一帶下手。最近啊，那一帶的大樓也被偷得很慘啊！」

「是喔。」

譯註1 前陸軍的中央統領機關。

沖田刑警聽到大樓這詞，突然心頭被刺了一下似的，不由得看向放在桌上的黑色真皮公事包。就在他凝視扣環右側已經模糊不清的兩個英文字時，不由得大叫一聲「啊」。

13

「天啊！發現不得了的東西啦！」

沖田刑警像被印在公事包袋口上的英文字吸進去似地看得入神。

「什麼呀？什麼不得了的東西？」

被突如其來的叫喊聲嚇到的小西警官不解地問。

「就是這個！就是這個公事包！和我在查的S大樓案子有關。」

「嗯，我聽說了。那件案子和這公事包有什麼關連？」

「大有關連啊！這是死者的公事包，我們就是在找這東西，而且根據員工的說詞，裡頭有二千日圓現鈔。」

「哦，就是這個包包啊！確定是這個沒錯？」

「就是這個！這裡印著Y・N的英文字就是西村陽吉的名字縮寫。根據死者家屬提供的線索，公事包上的確有此印記。等等，為求慎重起見，我還是調查一下。」

沖田刑警小心翼翼地拿起真皮公事包，打開袋口，窺看裡頭，拿出一封信。

「沒錯，裡頭有一封給死者的信。竊賊叫什麼名字？」

「好像是叫留公吧。」

「已經拘押這傢伙，是吧？」

「嗯，當然。我想先休息一下，再來偵訊他。」

「還真是感謝這傢伙。一定要讓我和他見面，我要問清楚這個公事包的事。」

「沒問題。畢竟事關殺人案，可不能拖啊！好，我們就儘速調查吧。不過，可以等我一下嗎？我想抽根菸……」

小西警官一邊走回自己的位子，一邊看向坐在門口附近的年輕刑警，說道：

「田山，把那個叫留公的帶過來，四號房應該空著。」

小西警官從抽屜拿出菸管和菸草，趕緊吸個兩、三口，然後拿起那個公事包。

兩人走進偵訊室。不久，田山刑警帶著年約二十三、四歲，膚色白皙的年輕人走進來。

「留公。」

小西警官以像是在和朋友說話的口吻，開始偵訊。

「這次起碼得關個兩、三年吧。你就從實招來，如何？最新的下手地點在哪裡？」

「我說老大啊，我被逮個正著的地方就是最新的下手地點，不是嗎？」

被偵訊的一方也挺滑舌。

「是嗎？你這傢伙還真敢說啊！那我問你，昨天在哪裡下手？」

偷兒留公躊躇地瞅著小西警官，可能不想再被偵訊吧。只好吐實。

「老大，你也真夠壞的。東西都擺在面前，我能不招嗎？好吧！我招了。

合作之三

那個公事包是新地點的戰利品。」
「果然。在哪裡得手？」
「昨天傍晚在S大樓。」
沖田刑警嚥了嚥口水。他很想自己來偵訊。
「S大樓五樓一間叫西村的電機商會，商會社長的辦公室嗎？」
「老大，你還真是清楚啊！」
「當然，包包裡頭有二千日圓現鈔，是吧？」
「欸？」
留公彷彿被人賞了一記耳光似的，一臉怔。
「少給我裝傻！裡頭有二千日圓現鈔，是吧？」
「開、開什麼玩笑啊！哪有現鈔啊！根本一毛錢都沒有！」
「再不老實招，別怪我不客氣哦！」
小西警官拉高嗓門。

「我沒說謊啊！老大，我好歹也是土生土長的東京人，也有點骨氣啊！」

「哼！好個土生土長的東京人。好，錢的事挪後再來問你。你這小子為什麼跑進去社長室？是因為發現沒人在嗎？」

「這個嘛，是沒人在啦！記得是下午快四點吧。看說能不能撈到好貨色，所以去了趟S大樓。搭電梯到三樓探查了一會兒，想說沒什麼可撈，就從四樓走樓梯上五樓，瞧見有個男的剛好走出電梯，站在斜前方的房門前，敲了好幾下門。我經過他身邊，正要拐向左邊時不經意地回頭，瞧見剛才敲門的男子和另一個男的走向走廊另一頭的樓梯。於是，我馬上走回去，從鎖孔窺看房內，發現裡面沒半個人，桌上就放著這東西，而且門沒鎖，所以就開了門火速拿走這東西。因為怕被活逮，途中都沒來得及打開來看，回家後打開才嚇了一跳，裡面都是些看不懂的文件，根本沒值錢貨。我最近還沒遇過手氣這麼背，如此倒楣的事。總之，昨天真是白忙一場……」

「你這傢伙可真會狡辯啊！別給我說些有的沒的。我再問你一次，你真的沒把那筆錢存入銀行？」

「老大，開玩笑也有個限度吧。要是我有兩千日圓現鈔，還會一大早就出門撈一票嗎？就算是我們這種人，也不致於貪心成這樣吧。」

「也是啦！小偷也是多少講道義啦！」

雖然小西警官笑著這麼說，倒也沒什麼嘲諷意味。畢竟以他長年和這種犯人周旋的經驗，對方說的是否為真，他馬上就判別得出來，所以那個公事包只是碰巧在那裡。一旁的沖田刑警也很明白小西警官著實逼得偷兒不得不吐實。

事實上，要是手邊有兩千日圓現金的話，實在沒必要一大早就出去犯案。再者，也不太可能把成為證物的公事包就這樣擱著不處理掉，況且從留公的態度來看，不覺得他說的都是胡謅，也不太可能為了偷公事包，把死者推下樓，所以留公的這番供詞應該可信。但，好想知道那個把死者叫出來的男人究竟是誰？要是自己能親自開口訊問就好了。就在沖田刑警這麼想時，小西警官似乎察覺老友的焦慮，再次訊問：

「好。那我問你，你上五樓時，那個走出電梯，敲門的男子長什麼模樣？」

很想大聲叫好的沖田刑警一臉緊張地斜睨著留公的嘴角。留公一副沒想到會被問到這問題的模樣，眨著眼睛，看著小西警官。

「不記得了嗎？那男的長什麼模樣？穿什麼樣的衣服？」

「這個嘛……那男的看起來很像工匠師傅。穿著立領上衣和大衣，戴著鴨舌帽。」

「長相呢？」

「因為他背對著我，所以只瞄到他的側臉，長得有點像老大呢！」

「別胡扯了。說什麼長得像我。再給我說得仔細一點！那男的是圓臉嗎？」

「嗯，紅紅圓圓的臉。年紀大概和老大差不多吧。」

這時，沖田刑警突然插嘴。

「有鬍子嗎？濃密的鬍子？」

「鬍子嗎？」

因為沖田刑警突然這麼問，口氣又很急，所以留公一臉詫異地偏著頭想了一下。

「沒錯，的確有鬍子。」

「確定？你沒記錯吧？」

「放心，我可是清楚記得那張看起來有點恐怖的臉。」

＊

「如何？有發現什麼線索嗎？」

兩人一步出偵訊室，小西警官趕緊這麼問。

「嗯，多虧你的幫忙，有發現線索。」

「那男的到底是誰啊？」

「死者經營的工廠廠長。昨晚我見過他，但他沒提到這件事，看來得再找他問個明白才行。改天一定好好謝你，今天就先告辭了。謝啦！」

14

走進警視廳時的沖田刑警和離開時的他，簡直判若兩人。雙眼發亮，應該說春風滿面，就連腳步也輕盈許多。

立領上衣、紅通通的臉、濃密的鬍子，不就是昨晚在西村電機工廠見到的桝本廠長嗎？確實如留公所言，那張臉給人不好惹的感覺，很容易記住的長相。

昨晚桝本得知西村社長的死訊，卻隻字未提西村死前，自己曾和他碰面一事，這一點實在太奇怪。而且如果留公所言屬實，那麼他沒進社長室，而是和西村一起離去一事就不太尋常了。

他是凶手？還是共犯？無論如何，這男人涉有重嫌，總算掌握關鍵線索。

沖田想起查訪西村家時，桝本穿著黑色和服，面色凝重的模樣，八成是裝裝樣子罷了。沖田只想趕快直奔元園町把桝本帶回警署，好好偵訊一番，藉以打臉覺得他是個老糊塗的署長與司法主任。

他懷著好似逮到犯人般的心情，踩著輕快腳步來到日比谷的十字路口，攔了

合作之三

一輛計程車，急忙前往位於元園町的西村家。

桝本看到沖田刑警突然現身，倒也沒有特別驚訝，即便沖田要他一起回警署，他也沒有面露不悅，只是走進屋內拿帽子，就這樣穿著黑色和服上車。

畢竟事情尚未查明，所以直到抵達警署，沖田刑警隻字未提核心問題。桝本也是神情平靜，不曉得在想什麼似的幾乎一路沉默。

車子停在警署門口，沖田刑警付了車資後，帶著桝本直接上到二樓的署長室。

可想而知，署長十分滿意，應該說，他沒想到沖田刑警的辦事能力遠勝司法主任與機敏的冬木刑警，竟然搜查到涉有重嫌的嫌犯。

事不宜遲，趕緊進行偵訊。署長與桝本隔著小桌子相對而坐，沖田則是坐在署長的右邊。高頭大馬的署長，身形圓滾，一臉凶相的廠長，以及體形瘦削的沖田刑警坐在一起，看在旁人眼中，肯定是相當珍奇的組合。

「你在西村電機工廠擔任廠長，是吧？」

署長用他一貫的沙啞嗓音，輕蔑地瞅著桝本，問道。

「是的，擔任廠長一職。」

桝本平靜回應。

「你昨天下午四點前後，曾去S大樓找西村社長？」

直到今年夏天之前一直待在警視廳刑事課，對於偵訊嫌犯可說是箇中老手的署長面對不太好對付的桝本，乾脆採取單刀直入、下馬威的作法，無奈對方的態度不動如山。

「嗯，我料到一定會被問到這問題。」

桝本似乎早有心理準備，看向沖田刑警，說道：

「昨晚我和這位刑警見面時，本來想說這件事，但又想說無關緊要的事還是別說的好，也就沒提，不過您也沒問就是了。那天因為有件用電話不太好說明的急事，所以我下午四點左右前往公司見社長。」

「用電話不太好說明的事是指什麼？」

「員工方面的問題，因為情勢不妙，所以去找社長商量。」

合作之三

「你去了公司之後有見到西村社長嗎？」

署長稍微加大力道。

「有，有見到。」

「是在社長室會面嗎？」

「不是，因為在社長室不方便談，所以我們是在外面，四樓的空房間談事情。」

桝本的答辯十分清楚，毫不含糊，這讓署長和沖田刑警頗感意外。

「究竟是什麼事情需要當面講，又是為什麼要求社長到外面談，這些都必須交待清楚，否則對你的立場相當不利。」

「這我明白，所以昨晚本來想告知，但因為有點事情就沒提了。若您要知道，我沒理由不說，當然也會清楚交代。」

桝本廠長喘了一口氣之後，依舊泰然自若地開始說明。

「就算我說明得再詳細，也是沒辦法解決的事。因為大環境不景氣，導致生產不振，上個月月底工廠裁員二十名工人。我想你們應該已經聽聞，那些傢伙要求資遣費一萬日圓，要是公司不照辦的話，他們就要煽動沒被裁員的員工一起罷工；雖然西村先生沒在怕這些要脅恐嚇，但留下來的員工中有一位特別難應付的頭痛人物，他信奉近來興起的社會主義思想，誓言要做那些被解僱員工的後盾。我再三要西村把他列入裁員名單，可是他似乎和這傢伙有什麼微妙關係，所以遲遲無法決定，結果那小子愈來愈得寸近尺。西村先生本來就是個剛愎自負的人，所以沒和那傢伙直接交手過，都是交由我處理。我朝夕和大家相處，自己的立場也愈來愈嚴峻，所以這兩、三天焦慮到失眠。昨天剛過中午，天色陰沉，工人們也沒心思工作似地聚在一起竊竊私語，真叫人不知怎麼辦才好。果然下午兩點多，一位被解僱的員工代表和留下來的員工代表，就是那個和西村先生的關係有點微妙的傢伙，一起來我的辦公室，提出要不讓那些人復職，要不支付每個人一萬日圓資遣費這般強硬條件。我當然不肯答應，他們就大吼：『看來跟你這老傢伙沒辦法談！我們直接去找西村，要是他不肯讓步就要他的命。』我想說不會吧。沒想到他們真的帶了棍棒，快步走向車站。我本來想打電話告知西村先生，但其他員工在，不方便打電話，所以想說直接去找他，就這樣衝了出去。我趕緊衝向車站，沒看到那三人的身影。想說他們肯定搭上電車吧。我趕緊搭上碰巧駛來的公車，大概快四點時抵達S大樓，然後衝進電梯，發現他們還沒到的樣子。我敲了敲社長室的門，西村先生前來應門，我們就一起下到四樓，因為擔心要是待在社長室談事情，他們突然闖進來就不妙了。加上西村先生說站在走廊講事情不太好，所幸四樓有一間空著，而且門沒上鎖，所以我們就進去談了約五分鐘，可能更久吧。談完之後，我就離開了。」

「西村先生後來有回五樓嗎？」

「這我就不知道了。因為我談完後就先離開了。」

「所以你沒遇上那三個人？」

「想說要是遇上就不妙了。所以我下了樓梯，從後門離去，沒遇上他們。」

「那個信奉社會主義的男子叫什麼名字？」

「舟木新次郎。」

「舟木新次郎？」

署長微偏著頭，問道：

「年紀呢？」

「應該二十八、九歲吧。」

「就是他拿著棍棒，是吧？」

「是的，手上拿著長約三尺的木棍。」

「是喔。對了，那個叫舟木的和西村先生是什麼關係？」

「這個就難以啟齒了……」

桝本初次如此欲言又止。

「都這節骨眼了。還有什麼好難以啟齒？給我一五一十地說！」

署長終於又祭出與生俱來的大嗓門。

「看來紙包不住火了。其實除了當事人與我之外，沒人知道這件事。舟木是西村先生的情婦的弟弟。」

「是喔。情婦的弟弟啊……所以呢？」

「西村起初完全不曉得有舟木這個人，是因為幫阿蝶小姐贖身才知道的。後來舟木這個麻煩傢伙出現，西村先生就來找我商量，就像我剛剛說的，舟木這小子是個社會主義信奉者，很難應付的頭痛人物，而且他看西村先生很不順眼，但就怕惹惱他，工廠這邊也不得安寧。上個月解僱二十名員工時，我建議西村先生不防趁機弄走舟木，但西村先生怕這麼做會招來麻煩，所以沒答應，這事也就一直擱著。」

「原來如此。那麼，舟木是因為什麼事情，不滿西村先生呢？」

「什麼事情啊……忘了是什麼時候的事了。記得那時舟木和我一起喝酒，他不停說著西村先生的壞話，講得很起勁。信奉社會主義的他非常不滿自己的姊姊成了西村先生的情婦，還說一定要找機會教訓西村先生。我一直勸他不要衝動，但年輕人就是血氣方剛，加上他個性偏執，根本聽不進去……」

「是喔。那個舟木今天有去工廠嗎？」

「因為他家就在工廠附近，所以今天早上好像有來工廠看一下。」

「另外一個男的呢？」

「應該也有一起來吧。」

「是喔……」

署長陷入沉思。

作者簡介

森下雨村（もりしたうそん，一八九〇—一九六五）

編輯、翻譯家、小說家，本名岩太郎，出生於日本高知縣。一九〇七年進入早稻田大學英文科就讀，在學期間曾讀到杜斯妥也夫斯基的《罪與罰》而深受感動。一九一八年任職於出版社博文館，隔年擔任雜誌《冒險世界》的總編輯。一九二〇年創立雜誌《新青年》，除了積極引介國外的推理小說，亦公開徵募推理作品，致力於培育日本國內作家，其中更挖掘出江戶川亂步、橫溝正史、小酒井不木、甲賀三郎、夢野久作等著名推理小說家，為推理小說的興盛貢獻甚鉅。一九三一年從博文館辭職，隔年於《報知新聞》連載〈青斑貓〉，同年發表《白骨的處女》。

合作之四

甲賀三郎

小說家長谷川與記者山本又聚在咖啡廳「菫軒」，啜著巴西咖啡聊著。窗外下著片片雪花，下午兩點的店裡除了他們，沒有其他客人。

15

西村電機商會社長西村陽吉慘死後的第二天早上，一大清早天色就很陰沉，早上十點左右，開始下起粉雪。

一早幫忙完家務的瀨川豔子窩回位在玄關旁的三疊大榻榻米房間，虛脫地坐在桌前。她那清澄雙眼因為夜不成眠而腫脹，棲宿著可愛酒窩的豐腴雙頰變得瘦削，從耳朵上方垂落的一縷髮絲掛在突出的頰骨上。

豔子此刻的心情就像容貌的變化，墜入絕望深淵。迴盪在她內心的鄉愁有如身處距離故土數百里的異鄉，蒼茫高原上的一戶人家，只有眺望高掛夜空的皎潔秋月，哀愁滿腹的人才知道那種難以平復的內心痛楚，遠勝死亡苦痛的可怕鄉愁，一種不只對於人生深感絕望的鄉愁。

豔子雙眼疲累得想睡，她的腦子卻抗拒休息，全身肌肉緊繃到連針掉在榻榻米上的聲音都聽得到。那天她奮力抵抗西村、後來發生的離奇事件，還有野田遭到收押，每當豔子呼吸時，這些事情就在腦子裡狂舞的同時，幼時的記憶又莫名浮現。

她的面色蒼白又扭曲，像失了魂似地一動也不動地望著某處。

*

豔子是個命運多舛的少女。

她出生於府下[1]的大戶人家，腹地廣闊到一天都走不完。豔子的父親經手各種事業，卻逐漸敗光家產，最後僅剩的十萬多坪土地也被謊稱可以幫忙向銀行抵押借款的男子給騙走，因此打了好幾年的官司，家道中落。父親在豔子七歲那年去世，母親在窮困生活中獨立撫育豔子，沒想到慈愛的母親在她十二歲那年撒手人寰，豔子頓時成了無依無靠的孤兒。豔子的養父母是母親生前，非常照顧他們母子倆的鄰居；養父在公司擔任會計職，經濟狀況並不富裕。這對好心的夫婦膝下無子，遂決定收養豔子，所以她並不是世人眼中那種可憐的孤兒；雖然豔子的人生在旁人看來

譯註1　當時的東京府。

波折不斷，但對她來說，幼時的富裕生活已是遙遠記憶，現在的她早已習慣清貧日子，縱然失去親生父母，卻有了疼愛她的養父母，所以她不悲嘆。

即使她小學畢業後便去電信公司當接線生，也從不覺得苦。年僅十三歲的小女孩不是一大清早，就是天都還沒亮，就得獨自走過陰暗的石造大房間，做著還不熟悉的工作，每天不是沐浴在嘈雜罵聲中，就是被同事嘲笑衣服粗陋，再不然就是因為父母唯一留給她的東西，天生的美貌而遭嫉。豔子在白眼與冷嘲熱諷中不斷地自我成長。這一、兩年的修煉所受的苦著實筆墨難以形容，但她從不怨天尤人，總是順從命運的安排。

命運並未對她始終無情。神不只賜與這可憐的孤兒伶俐與美貌，更給了她不屈服的樂觀性格；雖然身處的環境促使豔子成了逆來順受的女孩，卻讓她成了心靈強韌的人。

十六歲的她成了獨當一面的接線生，還利用工作空檔學習打字技能，遂於兩年後以打字員一職進入西村商會，迄今已經待了一年多。

合作之四

這一年來對豔子來說，有著不少愉快回憶。

總算擺脫陰沉的職場環境，來到明亮的辦公室，有如鳥兒從冬天的鳥籠野放至春日的原野般喜悅無比。豔子在電信公司當接線生時，因為幾乎都是女同事，飽受嫉妒、仇視、被徹底排擠，加上冷眼旁觀的主管；但在帝都[2]市中心這條大街上，每天都能感受到各種感官方面的強烈刺激，男男女女奔放自由，享受生活樂趣。

身處繁華世間的豔子突然變得成熟許多，不但長高了，皮膚越發緊實，身材也變得凹凸有致。不管是髮型還是化妝，在在都顯示她的心境有著顯著變化。白皙肌膚化妝後更漂亮，清澄雙眼，挺直鼻梁，姣好唇形，以及調和這一切的稍尖下巴與酒窩讓她看起來更顯嬌媚，非常適合充滿魅力的華美裝扮。她的收入大部分都用來添購衣物和化妝品，久而久之養母也默許她這麼做。一年前進公司時還是清純美少女的豔子，一年後成了公司最驚豔的存在。豔子覺得每一天都過得

譯註2　當時的國名，日本帝國的首都。

很快樂，不管是通勤時間、午休時間，還是上班時間都讓她覺得人生過得很有意義。回家後的她絕對會幫忙家務，畢竟不是親生父母，不好意思成天往外頭跑，但她不覺得有什麼束縛，依舊期待愉快的每一天到來。

如此成長環境造就她那天真又開朗個性的同時，卻也顯出冷靜沉著的一面。開朗的她笑聲有如金屬聲般清脆悅耳，卻不會讓人覺得輕浮；但當她沉默地凝視什麼時，臉龐卻浮現一抹莫名的哀愁，著實非常矛盾。天性純真、開朗又樂觀的她要是一直生活在富裕家庭中，肯定是個讓人聯想到春天的機靈女孩，無奈豔子的境遇迫使她靜默時難掩哀傷氣息，這是連她自己都沒察覺到的特質，一種幼時逆境形塑出來的潛在特質。總之，她開心嘻笑時，是個活潑少女，靜默時就會流露面對現實生活的寂寞與無奈。純真、楚楚可憐這幾個詞就能充分說明她的個性。

純真、楚楚可憐，不時流露的快活笑容，宛如生長在這條商業街的芒草叢中的一株菖蒲。這樣的豔子當然讓西村商會的男人們煩惱著如何接近她，尤以社長西村陽吉、總務課的北川，以及會計課的野田表現得最明顯。

在西村陽吉的眼裡，豔子是調劑婚姻與外遇之間的甜點，天真無邪的她就像是富含油脂的生魚片。西村覺得不識金錢與地位有多重要的少女蠢得天真，卻也覺得她有如珍貴的寶石。女孩坐在桌前低頭寫字的清純模樣讓他想握在手中捏碎，難以抑制的衝動促使他的雙眼閃爍著卑劣妖光。

四十歲的北川則是以狡猾之心對待豔子，總是以輕佻態度針對她，不時輕薄幾句，反正這麼做也不需要付出什麼代價，又能樂得在心裡偷偷愛戀她；不過比起自己的慾望，北村更樂於當個推手，把她推向社長的懷抱。野田和這兩人不一樣，不到三十歲的他是出於真心地喜歡豔子。

對豔子來說，社長是個討人厭的好色男。不，對於好色一詞的意思還很懵懂的她覺得受社長青睞是件令人驕傲的事，所以西村對她來說，就是個實在喜歡不起來的老頭子。北川是豔子最討厭的人，那種輕浮態度總是挑起她的敏感神經，打從心底覺得北川是個不可靠的傢伙，甚至覺得他很蠢。野田則是個陰沉的悶葫蘆，不時露出怯弱的一面，所以豔子也不可能喜歡他，但野田對她的愛熾熱又執著。近代戀愛哲學有所謂「年輕人就是要配年輕人」的說法，所以純真少女要是敵不過對方的熱情與執拗，勢必會被收服，野田也就大有機會擄獲佳人的芳心。

沒想到前天突然發生一起悲劇。

前天，豔子在社長室被西村社長強行擁抱，就在她難堪、憤怒與錯愕時，從走廊那邊傳來敲門聲，豔子趕緊趁隙逃回辦公室。坐在桌前的她不停地喘氣，野田面色蒼白地走過來，悄聲地要她去一下那裡。那裡指的是四樓的一個空房間，野田偶然發現有把鑰匙可以打開這房間的門，所以兩人曾一起進去過一兩次，單純談話而已。那天，因為野田神情嚴肅地要求，豔子只好默默地頷首答應。不知不覺已經將近四點左右，因為野田不在座位上，豔子只好趕緊收拾好桌面，於四點左右步出辦公室，成功避開同事的目光，從安全梯下到四樓，推開空房間的門。房門靜靜開啟，豔子趕緊進去，瞧見昏暗房間的角落有個人，想說應該是野田的她走過去，赫然發現那個人居然是西村社長！

豔子霎時呆若木雞，西村社長一臉驚駭，隨即不發一語地撲向她。豔子本能地後退，社長卻步步進逼，目光炯炯，露出淫欲與兇暴神情。

狼狽不堪的豔子絲毫未覺西村社長的意圖，只覺得生命受到威脅，不斷後退，就這樣錯失逃跑的機會，反被逼到與房門相反的一邊，背脊緊貼著牆壁。就在西村社長的大手要抓住豔子的手腕時，她突然瞄到右邊的桌子上有個應該是暖氣修繕工人忘了帶走的工具，一把英國大扳手。

豔子迅即抓起大扳手，高舉著威嚇步步進逼的社長。西村見狀後退，豔子揮舞扳手，勇敢地往前走。不堪被柔弱少女威嚇的西村趁隙狙擊，瞬間撲向她。豔子用扳手朝西村的肩膀奮力一擊，西村迅速抓住她高舉扳手的右手，又抓住左手。就在豔子拚命掙扎時，西村社長嗚地呻吟一聲往後倒。

豔子怔住了。害怕地用雙手掩面，感覺時間好漫長，其實是發生不到一分鐘的事，突然感覺肩膀有股溫柔力道的她聽到有人喚了聲「豔子」。豔子驚愕地抬起頭，站在面前的居然是面色慘白的野田。

「快逃！快啊！要是有人來，就逃不了！」

野田渾身發顫。西村社長的黑黑身軀倒臥在他的腳邊，豔子拚命奔出房間。

她不曉得後來如何。過了一段時間，西村社長被人發現陳屍在正下方的街上。豔子被喚至警視廳，接受偵訊。她戰戰兢兢地道出事情始末，負責偵訊的警官聽取後並未追問什麼。畢竟她待在四樓那間空房間僅僅幾分鐘，所以到家的時間一如往常，這一點讓警官並未將她列為嫌疑犯。

回到家的豔子總算鬆了一口氣，但不久便傳來北川遭到拘押，再來是野田，大批新聞記者蜂擁而至。豔子的行動遭受限制，這一切的一切對她來說，實在太過沉重。一想到將來，只覺得絕望像是張著黑暗大口等著吞噬她。

豔子對於西村社長的死，有個莫大的疑問。社長的確是在她面前倒下，但真的是因為她的那記重擊嗎？野田又是何時進來呢？社長倒下一事與野田無關嗎？社長那時已經沒了氣息嗎？還是，社長是自殺呢？豔子無法解決種種疑問，也不是很清楚當時野田的情形，所以也不確定他是否是凶手。日夜煩惱的她就這樣愈來愈憔悴。

合作之四

玄關的格子門咔啦一聲開啟。

豔子像彈簧似地跳起，無意識地把落在臉頰的髮絲往上撩，專注聽著。

「有人在家嗎？」

傳來清楚的男人聲音。家裡靜悄悄的，養母有事外出的樣子。

豔子推開拉門，窺看玄關那邊。

「豔子小姐嗎？」

發現她在偷看的男子這麼問。相貌聰穎的臉上浮現一抹冷冷的笑，態度倒是十分沉穩。

豔子無奈地走到玄關，一臉警戒地瞅著對方。

「你是誰？要是記者的話，請馬上離開。」

雖然豔子的逐客令讓男子有點不之所措，但他立刻微笑地說：

「我不是記者，我是小說家，敝姓長谷川。」

「長谷川先生？」

豔子知道推理小說家長谷川這號人物，但不明白他為何登門造訪。

「請問有什麼事嗎？」

豔子的口氣比剛剛溫和許多。

「倒也不是什麼重要的事啦！身為小說家的我們隨時都在找創作的素材，所以登門造訪是想請教關於前幾天的事。」

「我沒有什麼好說的。」

雖然對方的親切沉穩態度讓豔子安心許多，但還是不能大意。

「什麼都行，就算妳覺得無聊的事也行，搞不好對我來說很有趣，要是沒什麼不方便的話，還請跟我說說。」

「是沒什麼不方便……」

「那請跟我說說吧。洗耳恭聽。」

「要說什麼呢？」

「什麼都行。」

合作之四

「這樣的話，我就無法答應，請你明確告知。」

「這樣我很困擾。」

「我也很困擾啊！」

長谷川索性坐下來，豔子也跟著坐下。

「那我問囉。我覺得西村社長死得很詭異。」

「欸？！」

「妳這幾天睡得著嗎？」

長谷川看著豔子，豔子慌忙別過臉，不知所措地說：

「睡不著……」

「是喔。有作夢吧？」

「嗯，有。」

「做了什麼樣的夢呢？」

「什麼樣的夢？」

豔子像是在揣度對方的心思，目不轉睛地看著長谷川。

「嗯。」

長谷川一派泰然自若。

「是指什麼時候的夢？」

「什麼時候的都行。」

「為什麼要問這個？」

「夢境啊，可是有助於創作的好素材呢！」

「……」

豔子沉默以對。她最近做的夢都很奇怪，今早的夢尤其怪異，到現在還清楚記得。

夢中的她一直走在昏暗、有如洞穴般的長廊上。長廊盡頭是一處像是小寺院堂廳的房間。火壇上竄起大量的煙，詭異的臭氣撲鼻，粗大的蠟燭光在角落搖晃著，下方有個黑影在蠢動；一看，是個年輕女子。白皙雙手被高舉著縛在身後，整個人像蝦子般反身蜷曲著，立在她背上的燭火不停搖晃，落下燭淚，有如醜陋的瘡疤附著在她的身軀上。女人痛苦地喘息著，臉頰不時抽動。因為這景象過於駭人，豔子害怕地別過臉時，瞧見矗立在火壇上的佛像露出詭異笑容，迫使她嚇得不停發抖。

不知何時突然冒出一個人，走到她身邊，湊近她的耳邊囁語。

「那女人毀了戀情，毀了戀情的女人就得接受那種痛苦的責罰。」

豔子只能默默頷首，拖著沉重步伐，和突然冒出來的這個人走在宛如昏暗洞穴的長廊上。這個人很像野田，又不是野田。

雖然豔子有點猶豫，還是向長谷川道出這個夢境。

「還真是有趣的夢呢！」

這麼說的長谷川似乎在思索什麼。

「豔子小姐，妳願意吐實嗎？關於西村社長的死，妳應該知道什麼吧？所以才會如此良心不安。我不是偵探也不是記者，絕對會嚴守秘密，還請說出真相。」

只見內心的糾結全都寫在臉上的豔子突然低頭痛哭。

16

「如何？有收穫嗎？」

「嗯。對小說家來說，有收穫囉。」

「對小說家來說？什麼意思？」

「小說家啊，才不管現實是什麼，就是拚命幻想吧。」

「幻想啊……這就傷腦筋了。」

小說家長谷川與記者山本又聚在咖啡廳「堇軒」，啜著巴西咖啡聊著。窗外下著片片雪花，下午兩點的店裡除了他們，沒有其他客人。

「不能幻想嗎？你那邊如何？」

「我這邊還是持續在查這件案子。當然，我們報社沒辦法像警方那樣偵訊相關之人什麼的，只能盡力探查事情真相，也確實發現兩、三件新事實。」

「方便告知嗎？」

「你都開口問了，我能不說嗎？第一，追查到新嫌疑人的行跡，就是那個舟木……」

「欸？」

「那傢伙叫舟木新次郎，是西村商會的員工，也是死去社長的情婦的弟弟。他啊，於公於私都很憎恨西村的樣子。我們查到那天四點多，他帶著棍棒去了商會。」

「還沒逮住他，是吧？」

「嗯，還沒。根據廠長枡本的證詞，他涉有重嫌。那傢伙八成去投靠他姊姊，所以警方已經派人暗中埋伏，我們這邊也派人暗中監視。」

「看來報社還真是錢多到沒處花啊！」

「這算亂花嗎？這麼做也是為了滿足公眾的好奇心吧。總比你們隨便亂花錢來得有意義。」

「這麼說很過分喔。算了，還有發現什麼嗎？」

「有啊！再來是關於瀨川豔子的事。」

「咦？豔子小姐的事？」

「是啊。她也是個關鍵人物，所以我們調查了她的身世。」
「是喔。」
「咦？你的反應怎麼如此冷淡啊？」
「快說吧。」
「豔子的老家以前是府下的大戶人家、大地主，可惜他父親經商失敗，後來家道中落。西村陽吉，就是慘死的那位社長。他們家透過西村的仲介，以土地向銀行抵押貸款，後來西村伺機奪取他們家用來抵押的土地。」
「是喔。」
「畢竟這是瀨川一方的說詞，實情如何不得而知。總之，瀨川控告西村非法佔有，官司纏訟了好幾年。瀨川落得一無所有地死去是事實，這已經是十多前的事了。」
「是喔。那麼，西村知道豔子是瀨川的女兒嗎？」
「這就不曉得了。」

「是喔。果然是一大發現呢！」

「是吧？」

「的確是。」

「別光顧著佩服，說說你的幻想吧。」

「我的幻想啊……其實我透過冬木刑警的安排，在警署和野田會面。」

「什麼嘛！果然不是單純的探訪。」

「總之，我們會面後，他面色蒼白地問我北川先生如何了？是否還活著。」

「哦……」

「十分驚訝的我反問他，為何這麼問呢？他說他夢見北川先生死了。我再深入追問，他說夢中北川先生和死去的西村社長爭奪一只漂亮的盒子，爭搶一會兒後，北川總算搶贏了，西村社長卻倒下去。後來他定睛一瞧，倒下去的那個人是北川。」

「什麼跟什麼啊！」

「很莫名奇妙吧。不過，也不能輕忽這番話就是了。所以我分析了一下這夢境。

「原來如此，所以你才會說幻想啊！」

「嗯。不過啊，分析夢境不單是幻想，也是有科學根據的。你曉得所謂的精神分析學嗎？」

「不曉得吔。」

「真是的！虧你還是跑新聞的。你有看《新青年》[3]吧？」

「嗯，有。」

「上個月，長谷川天溪[4]寫了一篇分析哈姆雷特精神狀況的文章，你沒看嗎？」

「是有看一點啦！但內容有點艱澀，所以沒看完。」

「你真是太不用心學習了。我爸今年七十四歲，看了這篇文章之後，深受感動。你不是今年才三十歲嗎？不是還期許自己肩負社會使命嗎？」

「夠了。別挖苦了。我要走了。」

「等等，我還沒說到重點。關於夢境分析，不曉得這方面知識的話，確實很難說明，但你還是聽一下吧。因為分析夢境往往可以發現關鍵點。」

「好吧。麻煩盡量說得簡單明瞭些。」

「好，那我要開始說明囉。第一，關於夢境的假設。聽好囉。夢境就是當事人處於有意識或無意識狀態下的一種精神活動。好比有個男的非常孝順父母，這男的卻夢見自己殺害雙親。儘管當事人否認，但之所以會做這種夢，顯示當事人潛意識裡希望父母就此消失，可說是人憎恨人的一種極端本能。」

「嗯，明白。」

「另一個假設是，夢境表現出當事人的慾望。」

「嗯，明白。」

「哦，還挺聰明嘛！再來就不是假設了。總之，夢境不會出現在現實，因為我們接受各種扭曲的現實，所以夢境象徵著壓縮與抑制。」

譯註3　當時最具代表性的推理小說雜誌。

譯註4　一八七六—一九四〇年，評論家、英文學者。

「有點不太好理解了。」

「我再稍微說明一下。壓縮是指一個人可以代表好幾個人的情形，就像在野田的夢境中，西村不知不覺間變成北川。」

「是喔。」

「至於所謂的抑制呢，我們在夢裡的行為會比現實來得大膽，但還是有所抑制。比方說，我們在路上看到美女會湧起想擁抱的念頭，卻不會這麼做，但在夢裡就敢這麼做。不過，就算在夢裡也不太會做出比擁抱更大膽的行為。」

「偶爾還是會吧。」

「安靜聽我說嘛！也就是說，證明在夢中也會有某種程度的抑制，有時候自己不想做的事就會讓別人去做。」

「原來如此。」

「你還真是幸福啊！居然有人為你舉這麼淺顯易懂的例子來說明佛洛伊德的理論。」

合作之四

「唷、你這是在現學現賣嗎？」

「也算吧。我兩、三天前才讀過囉。」

「唉唷！我真是慚愧啊！」

「不會啦！還有啊，所謂的象徵就是在夢中，現實的事物會象徵各種東西，好比女人象徵風景、船或是盒子之類。」

「男人呢？」

「男人啊，男人就是野獸、刀子之類吧。」

「沒有比這更淺顯易懂的例子吧。」

「呵呵。看來你對這理論頗感興趣呢！這例子談起來沒完沒了，先挪後再談吧。接下來進入主題吧。關於野田的夢啊，第一，他和社長爭奪的那個盒子象徵女人，也就是說，野田和西村在爭奪女人。」

「什麼嘛，原來是指這檔事啊！若是這樣，根本不需要分析夢境，其他員工，像是瀨川豔子都可以證明這件事啊！」

「第二是野田希望北川消失，至於是什麼原因就不知道了。」

「是喔。」

「然後，野田可能沒有直接殺死社長，但知道他為何而死吧。」

「怎麼說？」

「如何？很不可思議吧。所以不能小看夢境分析啊！」

「你就別賣關子了。」

「意思就是，如果野田殺了西村社長，那麼夢中就會出現自己殺人的聯想，也或許是抑制力發揮作用吧。但就算如此，應該也會夢到有人代替自己殺了誰吧。就沒有夢到這一點來看，可以大膽推斷他並沒有直接動手，而且從他敘述夢境中社長倒下的前後情況十分模糊這一點來說，明顯是抑制力發揮作用，表示他不想再想起西村社長倒下的前後情形，之所以不想，是因為他知道什麼，如果不知道的話，就會有各種想像。」

「是喔。」

合作之四

「西村社長倒下，突然變成北川的想像就是抑制力發揮作用，除了暗示野田希望是北川之外，也暗示他很懼怕北川。」

「原來如此，有意思。但野田如果是把夢境當作腳本，根本沒說實話呢？」

「那我說的一切就被推翻了。」

「什麼嘛！沒意思。真是的！是在耍我嗎？」

「別生氣、別生氣，話還沒說完。我從野田的夢境推測他可能被北川捉住什麼小辮子，所以其實我今早去拜訪瀨川豔子。」

「咦？你去找她？」

「提到她，你的精神就來了。對了，你不是也訪問過那個叫薛奈絲・法洛伊朗的美少女。」

「哪有。」

「明明就有。」

「對喔。公司一直要我去找查訪她，但我苦無機會。」

「記者和小說家不一樣，記者總是被視為不速之客囉。只要一聽到對方是記者就拒絕會面，那女孩對這方面也是非常抗拒。」

「你們談了些什麼？」

「很優美的內容囉。」

「快點說啦！」

「其實啊，夢境可是要點呢！我想分析豔子的夢境。」

「又是分析夢境？」

「根據她的夢來分析。」

「饒了我吧！有夠無趣。」

「不想聽嗎？那就不說囉。豔子的夢很有趣，分析起來很精采呢！」

「你到底想用這話題吊我的胃口到什麼時候啊？」

「別生氣嘛！還有很重要的事還沒說呢！要是沒按照順序分析夢境，可是很難理解哦！」

「夢境什麼的不重要啦！趕快說重點。」

「那我就說囉。這是我從夢境推論出來的，直擊豔子的要害，結果問出驚人的事。」

「真的假的？」

「真的啦！」

「什麼驚人的事啊？」

「豔子她啊，逃出社長室之後，野田說有事要跟她說，要她去四樓的空房間一趟，沒想到她進去後發現西村社長在房間裡，西村社長一看到她，就想非禮她。嚇得拚命抵抗的她瞄到桌上有個東西，就是那個鐵製的，用來鎖住暖爐的螺絲。」

「扳手嗎？」

「不是這名字，有個國名……法國嗎？應該不是……」

「英國嗎？」

「沒錯，就是英國。」

「你這傢伙真叫人無言啊！英國扳手也是扳手的一種啊！」

「你知道得可真清楚。」

「當然啦！我去過工廠啊！明明是個小說家，還這麼缺乏常識。」

「是喔。」

「也是啦！那把英國扳手放在桌上，於是豔子拿起這東西朝西村社長揮下去。」

「不曉得她說的這番經過是夢境還是事實。總之，西村社長倒下後，她說野田叫她快逃，後續由他處理。」

「是喔。」

「野田面色鐵青地叫她快逃，她就這樣逃走了。」

「為何警方沒調查到這件事呢？」

「應該是沒懷疑她吧。因為在四樓發生的事只是一下子而已，豔子還是在平常時間回到家，況且她坦白說出在社長室發生的事，也就沒被警方視為嫌疑人。」

「你現在說的都是真的，不是自己的幻想吧？」

合作之四

「當然是真的，她親口告訴我。」

「厲害！」

山本站起來。

「厲害！看來你找到真兇了。」

「等等！別急啊！你這當記者的傢伙怎麼這麼心急啊！」

「為何？不是明明白白了嗎？」

「事情還沒搞清楚，不能妄下定論啊！坐下、坐下。至少野田現在被收押著，所以不必那麼慌張，先把事情的來龍去脈搞清楚才行。」

「可是……」

「可是什麼啊！聽好了。最重要的是時間問題。西村是在四點二十分到四點半之間斷氣，這是確定的事，而豔子攻擊西村一事大概是在四點五分左右，問題是少女的一擊能奪走一個大男人的命嗎？我覺得不太可能，所以也許後來野田補上致命一擊，但時間對不起來，況且在這麼短的時間內要搬運屍體，光靠野田一個人是做不來的。」

「原來如此。」

山本嘀咕著，又坐了下來。

「還有不見了的兩千日圓也是一大疑點。後來第三個男的，也就是那個披著軍用斗蓬的男子，搞不好那男的就是你說的那個……」

「舟木嗎？」

「嗯，也許是舟木吧。總之，他肯定和這件案子有關，所以必須深入調查他才行。」

不知不覺間，雪停了。咖啡廳前面不時有人走過。

突然抬頭的長谷川不曉得看到什麼，

「哎呀！」

突然大叫。

作者簡介

甲賀三郎（こうが　さぶろう，一八九三－一九四五）

小說家、推理作家、戲曲作家，本名春田能為，出生於日本滋賀縣。一九一五年進入東京帝國大學工科大學化學科就讀，並於一九一八年畢業。一九二〇年任職於農商務省的臨時氮研究所，從事氮肥的研究，同事中有後來成為推理作家的大下宇陀兒，並且也在此時認識了尚未成為作家的江戶川亂步。後來，甲賀認為自己不適合公務員生活，傾心於柯南・道爾的作品，並開始創作推理小說。一九二四年於《新青年》發表〈琥珀的菸斗〉。一九二六年創作〈鎳的文鎮〉、〈惡作劇〉、〈性急的惣太的經驗〉、〈急行十三小時〉等二十篇短篇本格派推理小說。一九二七年開始於《讀賣新聞》連載長篇作品〈支倉事件〉，作品內容取材自真實事件。生涯創作量豐富，多運用自身理工知識來創作。

國枝史郎

合作之五

察覺豔子從自己的視線中消失時，他趕緊望向十字路口的四個方向。路上來往行人不算多，卻沒見到豔子的身影，應該是走進去哪裡才對。

17

「哇！」

因為長谷川突然大叫，山本嚇得擱下手上的咖啡杯。

「喂、你到底在幹嘛啊？是在秀你的大嗓門嗎？」

「薛奈絲・法洛伊朗剛剛走過去呢！」

長谷川衝到窗邊。

「在哪啊？」

山本聽到長谷川這麼說，也看向窗外。

雪停了。路上行人往來。

有個女孩獨自走著，低頭走著。露出的白皙頸項看起來有點寒冷，那女孩是瀨川豔子，不久便消失在人群中。

「美少女就這樣走掉了。」

長谷川回座。

「這麼感傷，行嗎？」

山本回座，口氣有點揶揄地說。

「身為推理小說家當然不能這樣啦！但要是能得到她的愛，要我棄筆，不當小說家也行囉。」

「說這什麼輕佻話啊！不可原諒！」

「反正我可以改行當記者。」

「別來跟我搶飯碗啦！」

「啊、原來如此，原來是怕我搶你飯碗啊！」

「你就當你的推理小說家啦！」

「可是，身為推理小說家就得保持理智才行。好吧。我們來研究一件事吧。身處風暴中的她應該很煩悶才對，不，今早和她見面的時候，她確實很煩悶。既然如此，為什麼她會在下午兩點悠閒地出門散步呢？」

「你這說法太偏頗了吧。」

山本做了個很誇張的動作，又說：

「看她的頭垂得這麼低，實在不能說是悠閒散步。據我的觀察，那不是散步，而是要去某個地方。」

「那是要去哪裡呢？」

「我說你啊，想知道是吧？簡單啊！去問問豔子小姐不就得了。」

「這麼做太失禮了。」

「還有一個方法，跟蹤她。」

「紳士才不會這麼做，這我沒辦法。」

「也是啦！我說，你這位紳士的西裝樣式有點老舊。」

「幫我跟日本的雜誌社抗議，叫他們提高稿費，不然貧窮如我，根本追不上流行。」

爆出笑聲。

兩人的笑聲究竟有多大呢？從「堇軒」的服務生們一起看向他們這一點就不

難想像了。

隨後，兩人道別離去。

身為推理小說家的長谷川一邊走，一邊忘情地思索、分析。

（時間與傷、時間與傷，聚焦於這兩個問題。西村於四點二十分到三十分之間斷氣。豔子是在四點零五分給予一記重擊，這記重擊造成的傷就是西村肩上的傷；但這傷不至於致命，畢竟少女的腕力沒那麼大，況且凶器又是鈍器，不可能致人於死；不過西村本來就有慢性病，或許豔子的一擊多少有影響，導致他斃命也不無可能，畢竟沒看到驗屍報告，我也只能大概推論。是否會進行屍體解剖呢？先不論這一點，我倒是很在意死者後腦杓的傷……這傷是怎麼造成的？這就是問題所在。是誰呢？是誰重擊西村的後腦杓？野田嗎？還是那個穿軍用斗蓬的男人？抑或是尚未登場，某個不知名的人？野田已經被逮，警方正在調查吧。若是尚未登場的人物，那就只能等到他出場了。目前以軍用斗蓬男的嫌疑最深，以那些優秀的偵探老手還沒找到來看，這傢伙還真是會藏，藏得愈好，表示愈可疑。）

一時停了的雪又開始紛飛。

（假設軍用斗蓬男是舟木新次郎，鎖定範圍就能縮小，但就年齡來說，不太合理。步出電梯的男子看起來約莫三十前後，與冬木刑警一起去S大樓時，貼了一張紙便迅速逃離的男子看起來約莫四十歲；或許那時戴的是變色眼鏡，故意喬裝得比較紳士風也說不定，而舟木的年紀是二十八、九歲）。

18

雪愈下愈大。

（若是二十八、九歲的話，看起來有可能像三十歲；但不太可能看起來像四十歲，所以是變裝的關係嗎？他是那種擅於變裝的人嗎？看來不該把舟木和軍用斗蓬男視為同一個人……）

轉眼間變成吹雪，路上行人變少。

（聽說舟木是社會主義信徒，所以憎恨西村，又很不滿姊姊阿蝶當他的情婦，難不成他對姊姊有著特殊情感？莫非犯罪的導火線是女人！若這女人是豔子的話，也不會不合理……。豔子應該知道西村奪取他們家的財產吧？若是知道的話，肯定很想報復，也就能解釋豔子為何拒絕西村對她的好感，但於此同時，她的立場就不妙了）。

「哦！」

長谷川驚呼。豔子就走在前方不遠處，依舊低頭走在紛飛大雪中。

（哈！看來山本的觀察力比我好。雪下得這麼大，她卻絲毫未覺似地低頭走著，絕對不是悠閒散步，而是要去哪裡；雖然這麼做實在有違紳士之禮，但眼前也只有跟蹤一途了）。

不久，來到繁華大街。

人群熙來攘往。

這時，有個渾身有點髒兮兮的男子迅速遞給豔子一張紙。

「啊、這傢伙很可疑哦！」

長谷川喃喃自語，不由得笑了出來。

（看來我也成了偵探狂囉。對方只是發個傳單而已，居然也能懷疑成這樣）。

發傳單的人也遞給長谷川一張傳單。

「一律十五錢，男士也能吃飽的洋食」

傳單上印著這樣的宣傳標語。

「生活大不易，一律十五錢就能吃得飽的套餐」

長谷川不經意地瞄了一下傳單背面。

（不會吧？這是什麼！）

傳單背面用鋼筆寫著一排字。

合作之五

「就像你跟蹤豔子，我也在跟蹤你」

這排字實在嚇人。

長谷川直盯著這排字。

什麼跟什麼啊？不禁啞然失笑。

（這手法還真老套啊！就像日本推理小說家模仿國外二流推理小說家的手法，不過還是花了點心思就是了。某個人……我知道是誰，也在跟蹤豔子，然後發現我也在跟蹤，覺得我頗礙眼。於是，他先繞到前面跟發傳單的人要了傳單，寫了這兩句，再給對方一點錢，然後隱身某處，待我走過來時，打暗號要那人把傳單遞給我，想說用這方法要脅我，叫我別插手；雖然是匆忙中寫的，但還是認得出字跡。這字還真醜啊！能寫出這麼醜的字除了那個記者之外，別無他人吧……我是要跟蹤到什麼時候啊！）

可惜，長谷川的跟蹤計畫失敗。

因為就在他把注意力放在這張傳單時，豔子的身影早已不知去向。

不巧，遇到十字路口。

（要是我有四個身體，就能朝四方奔去，無奈只有一個，沒有四個。）

長谷川收起玩笑心。

（結果我還是中了別人設的圈套啊！而且對方採的是消極作法，不是積極進攻。）

長谷川放棄跟蹤計畫。應該說，也只能放棄了。

（豔子確實長得不差，卻也不到國色天香的程度。因為明白她身處悲劇漩渦中，所以對她的印象格外深刻。大概是因為女人身陷悲劇中，看起來格外美麗吧。不過，她要是身處喜劇中，肯定更美，畢竟比起哭泣的臉，她笑起來更好看吧。最叫人傷腦筋的是那種面無面情的傢伙，也就是無趣的臉。）

19

就在長谷川斷了念頭，準備往回走時，突然瞧見一棟龐然建築。

（哦，知名的K醫院啊！）

長谷川突然想到。

（她應該是進去醫院。）

非常簡單的推理。長谷川專注於那排字，跟丟豔子是短短不到兩分鐘的事。察覺豔子從自己的視線中消失時，他趕緊望向十字路口的四個方向。路上來往行人不算多，卻沒見到她的身影，應該是走進去哪裡才對。

（她是去醫院探病？還是哪裡不舒服？反正都得進醫院，況且看她的樣子說是去醫院就診也很合理。當然，去醫院絕對不是一件愉快的事。我也進去看看吧。反正我也不是身強體健之人，就算沒找到人，也可以藉這機會看個診，請醫生診治一下，也沒什麼損失吧。）

進門就是寬敞前廳，在櫃臺付了一錢[1]租借室內拖鞋，就在長谷川走向櫃臺時。

「這裡，這裡。」

傳來喚聲。

一瞧，原來是山本朝他招手。

「你這傢伙！動作居然比我還快。」

「先別說這個了。默默地跟著我吧。待會兒再跟你詳細說明。」

眼前有幾條走廊。山本小跑步，長谷川緊隨其後。走廊上方是透明天花板，下雪的日子分外明亮。走廊呈丁字形，往左拐時，四周變得有些昏暗，不時傳來叩、叩聲、咻咻聲，還有啪嘰啪嘰聲。沒什麼好驚訝，因為好幾間房間裡都有人在裡面照X光。

「你看。」

山本囁語。

「豔子就在那裡。」

有間房間的門開著，果然是X光室，傳來機器聲。旁邊擺著椅子，豔子就坐在那裡。

兩、三人從敞開的房門窺看裡面。畢竟X光在當時是很稀奇的醫療器材，很難叫人不好奇。

「哇、你看。豔子坐在那裡等人呢！」

山本低聲囁語。

「你怎麼知道？」

長谷川一臉狐疑。

「因為豔子沒買看診券。」

「可能事先買好吧。」

譯註1　當時貨幣的最小單位。

「如果有的話，應該會拿給櫃臺人員。嗯……至少也得拿著看診券去放射線科櫃臺報到，早點完成報到手續，才能早點看診啊！」

「可能是來探病吧？」

「如果是來探病的話，應該直接去病房吧。而且她進了醫院後還在走廊上徘徊了一下，才一動也不動地坐在那裡，搞不好是有人指定坐那裡，所以她乖乖照辦。」

「對我來說，豔子的行動不算奇怪。反倒是利用發傳單的人，誘我上鉤的你到底躲在哪裡，躲到完全沒看到人才令我驚訝。」

「喔喔，那個呀！也沒什麼啦……啊！」

山本突然悄聲驚呼。

「你看、你看！是軍用斗篷男！」

那個從S大樓的電梯衝出來，約莫三十歲左右的沒品男從走廊的另一頭走來。

還有個身形婀娜多姿，看起來四十幾歲的女人踩著小碎步跟在他身邊。

合作之五

「啊、不會吧！那女的是阿蝶。」
「欸？那女的是阿蝶？」
長谷川的好奇心越發膨脹。
「就是死者西村的情婦，舟木新次郎的姊姊。」
「你怎麼知道？」
「我們報社和警方都有派人跟監，舟木肯定會去找她。我也暗中跟監過一次，所以認得那女的。」
有位護士走過來向軍用斗蓬男打招呼後，朝長谷川他們這邊走來。
「我去調查一下，你繼續監視那傢伙。」
山本追上護士。
阿蝶和軍用斗蓬男走到豔子的面前，豔子馬上起身，三人悄聲交談一會兒後，一起坐下來開始交談。
（好想聽聽他們講些什麼。）

這麼想的長谷川猶豫著是否該湊近，卻又怕被鬣子認出來。
拍攝X光片的聲音太大，長谷川根本聽不到他們的交談聲。

20

「喂！」
身後傳來囁語聲。
長谷川回頭一瞧，原來是山本。
「我問到有趣的事了。聽說那個軍用斗蓬男啊，昨天住院。」
「他叫什麼名字？舟木新次郎嗎？」
「不是，他叫松本正雄。」
「生了什麼病？」
「這就有趣了。他生的是根本不必住院的病。」
「哦，這傢伙很可疑。」

合作之五

「聽說是神經衰弱、強迫症方面的疾病。」

「他真的不是舟木新次郎嗎？」

「我也存疑……畢竟醫院是最好躲藏的地方。」

「況且舟木的姊姊，那個叫阿蝶的女人也跟來……」

「不過，那女的好像常來這裡呢！……我試著湊近他們吧。」

山本試圖接近那三人。

「喂、要是被發現就糟了。」

「我反利用他們刻意打造的情景，放心啦！」

「什麼意思啊？」

「那個軍用斗蓬男啊，有安排入住病房。一般探病都是去病房，不是嗎？他們卻不在病房，而是在這裡，肯定有為何這麼做的理由。窩在病房裡密談反而啟人疑竇，選在這處人來人往，昏暗又不時傳來噪音的地方就不會被人懷疑，可以安心交談，所以他們才約在這裡碰面。你看，房門不是開著嗎？那裡站著兩、三個病患好奇地窺看，我也走過去加入他們，裝作在看別人照X光片的樣子，就不會惹他們起疑啦！」

於是，就在兩人站在X光室門口時。

「你來了啊！廠長。」

傳來豔子的聲音。

紅通通的圓臉，蓄著黑鬍，有個模樣很符合廠長這職銜的男子從走廊另一頭走向豔子他們。

「唷、你來啦！桝本先生。」

說這話的是軍用斗蓬男。

「唷。」

那男的打了一聲招呼，坐下來。

「喂。」

山本囁語。

「那男的好像是西村工廠的廠長桝本順吉。」

「嗯。」

長谷川悄聲回應。

「我過去看一下那四個人。」

「別過去，用聽的就行了。」

兩人豎起耳朵聽著，無奈聽得不是很清楚，因為總是被機器聲掩沒。就在這時，突然從桝本口中迸出驚人話語。

「你們三個人站在一起，果然是姊弟啊！還真像。」

「哦～～」

長谷川出聲。

「那三個人是姊弟？所以，那個軍用斗蓬男是舟木新次郎囉？」

「豔子小姐居然是他們的妹妹，還真是意外啊！……喂、我們再湊近一點吧。」

聽得不是很清楚，桝本好像說了什麼，接著又傳來軍用斗蓬男的聲音。

「不是我！真的不是我！」

「不是你，會是誰？」

傳來桝本的聲音。

接著是女人的聲音。

「這個人雖然性子急，但他絕對不會做這種事。」

這次是阿蝶的聲音。

「也沒必要那麼做啊！」

「但你們不是很恨他嗎？」

又是桝本的聲音。

「三姊弟的復仇。」

「就因為這樣而懷疑我們，是吧？」

又是阿蝶的聲音。

「那個人就算不被殺死，也要自己吊死才能謝罪。」

合作之五

「我知道那傢伙是什麼樣的人。」

「他被阿蝶小姐吃得死死的，你又發起抗爭活動攻擊他，辦公室裡又有美麗的小豔撩撥他的心，搞得他暈頭轉向，再怎麼見過大風大浪的人都會吃不消啦！再加上景氣蕭條。」

「小豔也很可憐啊！……她也是直到最近才知道這件事。」

又是阿蝶的聲音。

就在幾乎聽不到他們的交談聲時，桝本突然迸出一句。

「獨佔兩千日圓也太過分了吧。」

「我根本不知道什麼兩千日圓啊！」

傳來軍用斗蓬男的激動聲音。

「你才是最壞的傢伙！」

「也許吧。」

桝本大言不慚地回應。

「煽動大家，發起抗爭，然後用這事要脅社長……就是因為有你這種人，抗爭活動才會挫敗。」

「兩千日圓呢？快給我乖乖吐出來！」

「就說我不知道啊！」

「我要舉發你藏匿在哪裡！」

桝本語帶威嚇。

「去說啊！我無所謂。」

「那你為什麼還要躲在這種地方？」

「是你叫我避風頭的啊！」

「因為你嫌疑大。」

「你的嫌疑才大吧。」

「我在條子面前可沒有吐實哦！哼！別怪我不留情面。」

「桝本先生。」

合作之五

傳來阿蝶的聲音。

「我覺得那個人不可能有那麼多錢……」

「可是……」

桝本的聲音。

「從後方襲擊的人是你吧？」

「那個！可……！可是……」

下一句話非常關鍵。長谷川不由得回頭。

「啊！你是長谷川先生！」

豔子驚呼。桝本突然跳起來。

「啊、沖田刑警！」

作者簡介

國枝史郎（くにえだ しろう，一八八七—一九四三）

小說家、推理作家、戲曲作家，成為該公司的專屬劇作家，同年，出生於日本長野縣。一九〇八年長野一九一七年出版戲曲集《黑外套的男中學校畢業後，進入早稻田大學英人》。文科就讀，在學期間積極參與戲劇一九二〇年因甲狀腺機能亢進的活動。一九一四年任職於大阪朝日新惡化而離開松竹座。一九二二年開始聞社，並擔任負責戲劇的記者。離執筆大眾文學，於《講談雜誌》連開朝日新聞社，進入大阪松竹座，載〈蔦葛木曾棧〉，成為熱門作家，並活躍於《探偵趣味》、《サンデー每日》等雜誌。。代表作有〈神秘昆蟲館〉、〈神州纐纈城〉、〈生死卍巴〉等，作品風格奇幻怪誕，獨具一格。

小酒井不木

合作之六（結局）

總之，要是說出自己知道的事，就必須獨自承擔過錯，我撐得下去嗎？不停思索該如何回應的野田突然想到一件事。

22

「哇啊！」

就在那夥人異口同聲驚叫，欲落荒而逃時，從豔子坐的長椅底下鑽出身穿白袍，身形圓滾的醫護人員，那爬著出來的模樣活像嗅到瓦斯味的大黑鼠。眾人見狀，全都怔住。

定睛一瞧，這位假扮成醫護人員的人就是冬木刑警。

「嗶……」

好不容易起身的冬木刑警用被蜘蛛絲封住的嘴唇，吹著從口袋掏出的哨子，霎時從X光室還有附近的房間衝出好幾個假扮成醫護人員的刑警。轉眼間，桝本、舟木、阿蝶、豔子，還有推理小說家長谷川、記者山本，全被沖本刑警他們包圍住。

只見桝本、舟木、阿蝶露出苦笑，豔子和長谷川、山本則是對於眼前發生的事，宛如受驚的鸚鵡般瞪大眼。方才一直站在X光室門口窺看的患者們撞見

合作之六（結局）

這般誇張光景，無不面色蒼白地迅速鳥獸散。只有X光機器始終發出單調的叩叩聲。

雖然沖田刑警比冬木刑警先出手，但這次兩人是幾乎同時發現獵物，所以沖田刑警對於自己寶刀未老一事有些得意。

「沖田，辛苦了。」

冬木刑警拂去身上的塵埃，待呼吸緩下來時，笑著打了聲招呼。沖田刑警並未回應，而是迸出一句：

「桝本先生，還有你們三姊弟！」

尤其強調「三姊弟」。

「在這裡沒辦法好好偵訊，跟我們去趟警署。喂、你們！」

冬木刑警吩咐屬下：

「你們把這些手術衣拿去還，然後準備車子，把他們全都帶回署裡。醫院那邊我會說明，也會請署長出面打理。」

只見桝本、舟木、阿蝶，還有一直躲在阿蝶身後，有如躲在母親身後的孩子般驚懼看著這一切的豔子此刻也死心似的，乖乖地跟著刑警離去。

待四個問題人物離去後，沖田刑警說：

「冬木，你做事還真有效率啊！」

這絕非諷刺之詞，也不是客套話，沖田的口氣有種落寞感。

「哪裡，你的搜查功力也是一流，果然經驗老道啊！對了，你怎麼知道舟木躲在這間醫院呢？」

「我只是跟蹤桝本而已，覺得那傢伙很可疑，想說得盯著他才行，沒想到舟木會躲在這裡。」

「是喔。那麼，長谷川先生。」

冬木刑警看向長谷川，用眼神向一旁的山本先生打招呼。

「你又是如何知道舟木躲在這裡呢？」

「我們只是跟蹤豔子而已，所以和沖田先生一樣，沒想到舟木會躲在這裡。

合作之六（結局）

那你又是如何得知呢？」

「昨天我去採訪西村商會的工廠，得知煽動罷工的人就是舟木，便指示部屬搜尋他，發現他化名『松本正雄』，住進這間醫院。我們暗中詢問護士，知道他今天和阿蝶約在X光室碰面，所以我就假扮成醫護人員，躲在長椅下。說到喬裝這件事，還真是不好意思，我去向副院長說明一下這件事，請你們在玄關等我。」

不久，四人同坐一輛車前往警署，雪依舊下個不停。

「你為什麼覺得桝本很可疑？」

車子行駛不久，冬木刑警問坐在旁邊的沖田刑警。

「昨天我偵訊完桝本之後，又去拜訪一趟西村家，雖然還是沒能見到西村太太，但當我向西村的女兒提起桝田本時，見她神色有異，便不死心地追問到她願意坦白，所以我就開始暗中開始監視桝本。」

「問到什麼樣的事呢？」

冬木刑警雙眼發亮地問。

「呃、那個……可是這裡……」

沖田刑警欲言又止。

一直專注聽著的長谷川開口：

「既然事情都這樣了。大家就各自拿出偵探本事，同心協力追查真相吧。沖田先生，你就卸下心防吧。我也會說出我和豔子、野田會面時的談話內容；雖然我答應她要保守秘密，但為了探究真相也只能違背約定了。」

於是，長谷川說出讀者諸君都已經知道的事，也就是他閱讀與他同姓的長谷川天溪寫的《哈姆雷特的精神分析》一書心得，又說明了佛洛伊德的理論，分析豔子與野田的夢境，推論出並非夢境的事實；也就是說，前天豔子在四樓的空房間，也就是二十七號房裡被西村企圖非禮時，拿起擺在一旁的英國扳手重擊西村的左肩。沒想到西村非但沒有因此倒下，還撲向豔子，就在千鈞一髮之際，西村社長突然呻吟一聲往後倒，豔子嚇得抬起頭，瞧見野田面色慘白地叫她快逃，後來情形如何就不得而知了。接下來長谷川又分析野田的夢境，野田似乎被總務課的北川捉住什麼把柄，就算他沒有直接殺害西村，但應該多少知道西村是怎麼遇害的。豔子重擊西村是在四點零五分，不久後西村就死了，或許他的死是因為野田補了一記重擊的關係，但是就西村死亡的時間關連性來看，應該有共犯。再者，根據記者山本的調查，豔子的父母原是府下的大地主，但他們家的土地在約莫十幾年前遭西村侵占。

「也許我的這番說明多少摻雜了像是推理小說家的幻想。」

長谷川簡單說明完後，又補上這句話。

「不過啊，我剛在醫院聽到桝本說豔子、阿蝶與舟木是三姊弟時，真的很驚訝。這麼一來，就更確定舟木和西村社長之死有關。既然那個軍用斗蓬男就是舟木，那麼他的嫌疑就更大了。」

一邊專注聽著，不停思索的冬木刑警抬起頭，這麼說。

「問題是，剛才桝本問舟木是不是從身後重擊西村，舟木堅決否認。就算他真的是凶手，也不可能否認得那麼乾脆吧。而且我始終覺得阿蝶那句：『那個人就算不被殺死，也要自己吊死才能謝罪。』是一大關鍵。儘管西村的家人、員工說他沒有理由自殺，但身為情婦的阿蝶肯定知道的更多，所以我覺得也不能排除自殺一說。在X光室那時，就在舟木正要說出什麼重要事情時，豔子卻認出你，桝本也發現沖田，真是可惜啊！」

「唉，我實在太大意了。一心想著就要聽到什麼不得了的事，結果一時過於興奮，忘了自己會被認出來。對了，沖田先生，西村的女兒到底說了什麼關於桝本的事呢？」

沖田刑警聽到長谷川與冬木刑警的敘述，著實驚嘆不已。

沖田昨天從竊賊留公口中問出桝本在西村死前曾去找他一事，所以懷疑桝本涉嫌，於是要求桝本同他回署裡接受偵訊，意外地從桝本口中問出阿蝶與舟木的事，於是他又懷疑舟木與這件案子的關係，遂前往工廠找舟木，豈料撲了個空。可見桝本被署長偵訊時，說舟木有去工廠一事根本是謊話。後來沖田又去拜訪西村的家人，詢問關於桝本的事，沒想到從西村的女兒口中得知一件意想不到的事，所以他決定跟監桝本，暗中調查；但他現在聽到長谷川與冬木刑警的說明，覺得這件案子遠比想像中來得複雜，唯有把自己調查到的事全都說出來，才能儘快解決這件棘手的案子。於是，沖田簡短說明自己昨天一整天的行動後，又補充道：

「西村的女兒說桝本於幾年前喪妻後，居然大膽追求她，甚至還求婚。可想而知，當然被狠狠拒絕。」

聽到此事的長谷川一臉詫異，冬木刑警則是「哈哈哈」地笑了幾聲，沉思片刻後，

「西村知道這件事嗎？」問道。

「他完全不知道。因為要是告訴他這件事，他肯定一笑置之，所以是他女兒自己私下解決的樣子。昨天桝本還不死心地要求她再考慮一下。」

「原來如此啊！」冬木刑警說。「這樣就能理解舟木為何說煽動工人們罷工的人就是桝本。看來他就算和西村社長的死沒有直接關係，也脫離不了間接關係吧。這件事遠比想像中來得複雜。」

「就是啊！」

一直默默聽聞三人交談的山本記者初次開口。「搞不好桝本事先告訴舟木，他和西村社長大概四點左右會在S大樓的二十七號房碰面，所以舟木才會披著軍用斗蓬潛入S大樓，不是嗎？」

「也許吧。」冬木刑警說。「我問工廠的工人們關於軍用斗蓬的事，他們說舟木平常從沒穿過軍用斗蓬，也沒戴過鴨舌帽，可見他是刻意喬裝去的，但不太懂他為什麼要這麼做呢？」

「也許是他的癖好吧。畢竟殺人時，喬裝才不容易被認出來。何況他今天也是喬裝現身，還戴上有色眼鏡，不是嗎？那種貼紙條的老套手法，也只是為了掩飾他是個社會主義奉行者。還有啊，他這種個性就是會教唆桝本，唆使他煽動工人罷工。」

「是嗎……」

就在冬木刑警陷入沉思時，

「啊、我知道了。我知道喬裝的理由！」

長谷川突然大叫。原本望著車外雪景的沖田刑警嚇地回頭。

這時，車子已經抵達警署。

合作之六（結局）

23

冬木、沖田兩位刑警在醫院合力演戲時，恒藤司法主任也偵訊完北川，準備接著偵訊會計課的野田。看得出來情感充沛的野田因為這案子而大受衝擊，僅僅幾十個小時就讓他面如死灰，出現黑眼圈。

被收押的野田始終掛心著豔子，雖然平素相處冷淡的妻子也來探望一事讓他很感動，但腦子裡還是塞滿豔子的事，不停思索前天下午在二十七號房發生的一切。豔子對於我被拘押一事，作何感想？她真的認為是我殺了社長，將他從窗戶扔下去嗎？她肯定這麼認為。唉，她會這麼想也是沒辦法的事。畢竟她聽到我大喊「快逃啊！」就逃走了。當然會認為我是凶手。只是沒想到她會說出那天的情形，倘若她有一點點維護自己的念頭，就算別人再怎麼逼問也不能說出來啊！但看來並非如此。今天聽長谷川的口氣，他似乎從豔子的口中問出些什麼，可能是詢問夢境之類的，她也就如實告知吧。不過，就算豔子把那件事告訴長谷川，我對她的愛意也不會減少，即使要我上斷頭臺也在所不辭，因為我做的一切都是為了保護她，有義務保護我愛的人。我對豔子的愛是認真的，絕對不同於和社長、北川對她的態度。北川為何那麼做？他到底向警方說了什麼？根本是抱著玩玩的心態對待豔子，只想把她往社長懷裡送。現在西村社長死了，那傢伙肯定會積極追求豔子。

這麼想的野田越發在意北川是否會被安然釋放，站在恒藤司法主任面前的他更是無法不在意北川的事。

合作之六（結局）

「聽北川說……」

聽到神情傲然的恒藤司法主任這句話時，野田有種像是被觸及傷口似的心頭一驚。

恒藤主任沒察覺野田的反應，又說：

「如果前天北川是四點十五分進入社長室，你那時就在社長室，不是嗎？為什麼在那裡？」

野田聽到這番質問，頓覺眼前一片昏暗。

看來北川那傢伙肯定什麼都說了。明明要他為了公司、為了社長，絕對要守口如瓶啊！這麼想的野田感覺自己的腕關節發出聲響似的氣憤難耐。我該如何回答？不知如何回應的他，內心塞滿對於北川的憎惡。恒藤主任看穿野田的不知所措。

「果然回答不出來吧。你那天早上是不是把北川交給社長的那兩千日圓塞進自己的口袋？」

野田還是滿腦子在想北川的事，根本沒把恒藤主任的話聽進去。

「喂、我說你！」

恒藤主任用拳頭敲了一下桌子，催促野田快點回話。

「為什麼不回答？你那時拚命拜託北川不要跟警方提這件事，之後要多少酬勞都行，是吧？」

恒藤主任的這番話讓野田總算回神，趕緊回道：

「他說謊！說謊！我根本沒這麼說！」

野田終究還是中計，難逃狡猾的恒藤主任設的局。這句「拜託北川不要跟警方提這件事」，根本是恒藤主任自己掰的，但他那麼自然地說出口，任誰都很難察覺是個陷阱吧。

「你和北川在社長室碰面是真的囉？」恒藤主任追問。

雖然野田一時有些心慌，但思索片刻後，有所覺悟似地說：

「沒辦法了。一再要求他別說，他還是說了。傷害到社長的人格也是無可奈

合作之六（結局）

何的事。事到如今，也只能坦白一切了。」

「總算肯說實話了。你的確拿走那兩千日圓，是吧？」

「是的。」

「那筆錢呢？」

野田從上衣口袋掏出一小疊紙鈔，說道：

「就是這個。」

遞向恒藤主任。

恒藤主任拿起這疊百圓紙鈔，算了一下，

「喂、這裡只有十張啊！剩下的十張呢？」

野田面有難色，輕聲說道：

「請您檢查一下紙鈔。」

被這麼一說的恒藤主任抽出其中一張，仔細察看正反面，

「啊！是假鈔！」大叫一聲。

就算資歷和他一樣深，鑑別力一流的人也不見得能輕易區別的假鈔，沒想到恒藤主任一下子就辨別出來，著實讓野田佩服不已。

「如您所見，這是假鈔。我之所以搶過來，要求北川守口如瓶，就是為了維護社長的名譽。」

「意思是，西村社長印製假鈔？」

「不，不是的。」

野田強烈反駁。

「那你為何把兩千日圓交給社長，卻又拿回來呢？既然如此，一開始就沒必要給，不是嗎？」

面對這般質問，野田有點不知如何回應。

「唉，事到如今也只能一五一十地招了。西村電機近來因為大環境不景氣，所以虧損相當多。社長為了鞏固客戶的信任感，美化公司的形象，所以買了五萬日圓的假鈔。起初社長說這五萬日圓是他向別人借的，後來我發現是假鈔，他才向我坦城，但堅決不說是向誰買的假鈔，我也就沒追問了。五萬日圓的假鈔一直到前天為止都沒用過，沒想到前天早上社長要我拿兩千日圓的假鈔給他，因為我直覺事情不妙，一直勸阻，社長卻說這次的事情用假鈔解決沒關係，根本不聽我的勸，只好請北川代為轉交。可是我怎麼想都覺得不妙，於是中午去一趟社長室，想說再勸說一下，無奈社長只是笑著不置可否，還說不會給我添麻煩，叫我不要擔心，根本完全不聽勸。

那時，我看到社長的公事包放在桌上。因為他習慣把錢隨手塞進包包裡，所以我勸說這樣很危險，只見他笑一笑，指著辦公桌的第二層抽屜，說那筆錢就放在這裡。那時我雖然回座繼續工作，卻還是很在意這件事，想說不如偷偷拿走，暗中確保社長的名聲。於是我趁他不在時，偷偷溜進社長室，打開抽屜拿走那筆錢，沒想到運氣不好，碰巧被走進來的北川撞見。北川不曉得這筆錢是假鈔，我也不打算告訴他，只說基於某個很重要的理由，才會拿走這筆錢，也要求他絕對不能告訴別人，以後自然會解釋清楚後便離開了。沒想到過沒多久，就傳來社長橫死的噩耗，所以北川八成認為是我殺了社長，偷走兩千日圓吧。

那天晚上剛好是我值班，於是我將社長買的假鈔丟進爐火裡燒毀。畢竟沒有人比我更清楚這件事，所以這麼做就能永遠顧全社長的名譽。不過為了以防萬一，我從放在抽屜的兩千日圓假鈔中，抽出一張留作證據。」

恒藤主任面無表情地聽著野田的長篇敘述，突然想到什麼似的他笑著說：

「你的陳述大抵合理，但有一個地方講不通。」

「欸？」

「看來你不知道呢！就是四點十五分，進入社長室拿走假鈔一事。」

「那又如何？」

「你可真是頑強啊！那我就說給你聽吧！根據你剛才說的那番話來推測，西村社長要你拿兩千日圓給他，你卻拿假鈔給他，然後在四樓殺害西村社長，將屍體丟到街上，再返回社長室偷走假鈔，以便湮滅證據。如何？我說的沒錯吧？」

合作之六（結局）

恒藤主任的這番話讓野田目瞪口呆。

「如果你說的是事實，我就沒必要出示假鈔給你看啊！」

野田激動地反駁。

「這就是你狡猾的地方囉！況且因為被北川撞見，所以為了日後這番辯解，你特地保留著這筆錢。總之，你殺了西村社長，並將屍體棄置街上是事實吧？」

野田的情緒臻至沸點。只見他盯著恒藤主任，試圖解讀他的心思。該不會豔子說出那件事？總之，要是說出自己知道的事，就必須獨自承擔過錯，我撐得下去嗎？不停思索該如何回應的野田突然想到一件事。

「可是社長不是在四點二十分到四點三十分之間遇害嗎？我進入社長室是四點十五分左右，所以說我殺害社長，盜走假鈔的說法根本無法成立。」

聽到這般回應的恒藤主任似乎有些猶疑，只見他雙手交臂，閉著眼，

「嗯……」喃喃道。

這時，傳來好幾個人走進隔壁大偵訊室的腳步聲。有位刑警跑過來，向恒藤

主任說了幾句悄悄話之後，主任藉機起身，吩咐那位刑警帶野田回拘留室之後，便和署長一起走進大偵訊室。

24

不久，便開始進行解開這件案子之謎的大偵訊。不少讀者應該是初次聽聞「大偵訊」這詞吧。〇〇署的山川署長每當遇到複雜案子時，就會把所有關係人全部叫到大偵訊室裡進行偵訊，而不是採各別擊破。因為輕鬆一點的偵訊方式比一本正經的質問來得更有效果，所以進行過不少次大偵訊。

剛才署長從押送桝本與三姊弟回來的刑警口中，聽聞在醫院發生的事，又聽取冬木、沖田兩位刑警的報告，所以決定進行大偵訊，遂請恒藤主任也一起參與。

這時間在下雪的日子已是日落西沉，五百燭光的大燈泡宛如白晝般照亮每張臉。房間中央擺著一張大桌子，一邊坐著警方人員，一邊坐著與這件案子的關係

合作之六（結局）

人。房間一隅的爐火熊熊燃燒，室內有如春日般溫暖。

先由冬木刑警說明這件案子的來龍去脈，接著是沖田刑警，再來是推理小說家長谷川，最後是記者山本的說明，並相互補充讀者諸君都知道的事。

報告完畢後，恒藤主任看向豔子，說道：

「瀨川小姐，今早妳有和長谷川先生碰面，沒錯吧？」

坐在阿蝶與舟木之間，始終坐立難安似的豔子瞄了一眼長谷川，

「是的。」低著頭，小聲回應。

「看來凶手就是野田。喂、你去帶野田過來。」

恒藤主任對站在房間一隅的刑警，這麼說。

「等一下。」

署長伸手制止，然後看向恒藤主任，說道：

「我還沒聽你剛才分別偵訊北川和野田的結果，所以你先說明一下吧。」

於是，恒藤主任說明從北川口中問出野田盜走兩千日圓的事，以及他偵訊野

田的始末，最後又說：

「加上瀨川小姐剛才的回應，我認為野田是在二十七號房殺害西村，然後將屍體搬到隔壁房間，從窗戶扔出去後，再關上窗戶，回到五樓的社長室盜走假鈔。」

「嗯……」

署長思索片刻後，看向冬木刑警，說道：

「冬木，你有確實勘查那間空著的二十七號房和隔壁房間，對吧？隔壁房間剛好在社長室的正下方，好像是叫作石垣的建築事務所，沒錯吧？」

「是的。我原先以為石垣建築事務所是二十七號房，但其實我勘查過的那間沒有窗戶的空房才是二十七號房。隔開二十七號房與建築事務所的隔間牆有一扇門，我想說門的另一頭是別人的辦公室，不方便開啟。不過，根據今天調查的結果，那間建築事務所是一人辦公室，負責人石垣於十天前去關西旅行，所以辦公室裡空無一人，所以我想明天去那房間勘查。」

合作之六（結局）

「是喔。依我所見，野田在二十七號房殺害西村社長，這一點是無庸置疑的，但他將屍體搬到隔壁房間，再從窗戶丟下去這一點卻缺乏明確證據，不是嗎？況且野田進入社長室是四點十五分左右，西村社長則是於四點二十分到三十分之間遇害，怎麼想都有點矛盾。恒藤，關於這一點，你怎麼看？」

只見恒藤主任露出近似苦笑的表情。

「關於這一點，野田剛才自己也說了。西村的遇害時間是否真的是四點二十分到三十分之間，我打從一開始就頗懷疑。」這麼說。

「說的也是。」

這麼說的署長看向站在角落的一位刑警，吩咐道：

「你去帶北川和野田他們過來。」

不久，北川和野田被帶至大偵訊室。兩人看到豔子都顯得很緊張。

「野田。」

恒藤主任示意野田坐下，詢問：

「我們從瀨川小姐口中得知大概的事情了。你就別再掙扎了，從實招來吧！你要是不說實話，瀨川小姐就會成了殺害西村社長的凶手。」

最後這句話讓野田驚詫到說不出話來，過了一會兒，才下定決心似地用沙啞聲音說：

「浪費大家的時間，真的很抱歉。前天社長要對瀨川小姐施暴時，我情急之下拿起一旁的棍棒朝他的後腦杓重擊，所以是我讓社長不省人事。我叫瀨川小姐趕緊離開，然後對社長施以七、八分鐘的人工呼吸，無奈還是無法救回。那時的我很擔心有人突然進來撞見，幸好沒有人來到五樓。那時我突然想起那疊假鈔，心想至少也要銷毀假鈔以維護社長的名聲。於是我潛入社長室，拿走那疊假鈔時，卻被恰巧進來的北川撞見，我要求他千萬不能說出去。那時的我真的很害怕，沒想到過沒多久就傳來社長的屍體在路上被人發現的消息。我完全不知道屍體為何會被棄置街上。」

「所以你說你中午去社長室，力勸社長不要使用假鈔一事是胡扯嗎？」

「嗯。」

野田低著頭回應。

「虧你說得出這種謊話！你能保證你現在說的句句屬實嗎？是你把西村社長的屍體扔到街上吧。」

野田還是低著頭，不知如何回應。

就在這時，舟木新次郎抬起頭，大聲說：

「我保證現在野田說的都是真的。」

眾人不約而同地看向舟木。恒藤主任的表情像是在警告舟木不要胡言亂語，署長倒是問舟木：

「意思是你目擊到什麼嗎？」

「事到如今，也只能坦白一切了。一切就如冬木刑警說的，我們三個是姊妹，我和姊姊阿蝶是同母姊弟，豔子比我們小很多歲。豔子出生後不久，我們家就因為土地被西村謀奪而家道中落，我和姊姊只能去別人家裡幫傭。我們改名，也拜託母親千萬不要告訴豔子，她有兄姊一事。因為母親離世時，我們也沒回去，所以豔子完全不知道她有手足。我和姊姊一直等著哪天能向西村報仇，皇天不負苦心人，真的被我們等到了。沒想到桝本廠長發現我們的身世，後來又偶然得知成為打字員的豔子是我們的妹妹。我和姊姊要求他絕對不能告訴豔子，但西村橫死後，廠長便把一切告訴她。總之，桝本廠長似乎握有不少西村的把柄。上個月月底，西村打算裁掉二十名工人時，他煽動我發起罷工，還提議以此要脅西村拿出一萬日圓，再把這筆錢分給工人們，沒想到西村完全不理會，於是我提議不如以暴力要脅，西村果然吃這套，主動提議要和工人代表談判。

前天桝本廠長說他和社長在四樓的二十七號房等我，要我四點五分到就行了。本來要和其他兩位工人一起赴約，但後來還是決定單槍匹馬，因為我想嚇嚇他，所以裝扮成家父的模樣，穿上軍用斗蓬，戴鴨舌帽，手持棍棒。因為花了點時間裝扮，所以遲了些才到，約莫四點二十分打開二十七號房的門；就在

合作之六（結局）

那時，西村剛好打開通往隔壁房間的門，他看到我「啊」的驚叫一聲，逃進隔壁房間，我見狀趕緊追上去，沒想到卻被掉在地上的棍棒絆倒，趕緊起身追上去時，卻不見西村的身影。我打開通往隔壁房間的門，瞧見他從敞開的窗子墜樓。我嚇得大叫，但已經太遲了。於是躡手躡腳地走到窗邊往下看，發現他倒在地上慘死。

我趕緊關上窗子，再次躡手躡腳地回到二十七號房，因為鑰匙還插在房門鎖孔上，所以趕緊鎖上，拔走鑰匙，心想目睹意外經過的我肯定會被懷疑是殺人犯，所以得想想辦法才行，無奈那時的我嚇得連步出大樓的勇氣都沒有。這時，我突然發現腳邊有一雙草鞋，趕緊脫掉鞋子，換穿草鞋，想說這麼做至少可以避嫌。然後拾起掉在地上的棍棒，用鞋帶把鞋子和棍棒綁在一起，再用手巾仔細擦拭後綁在身上，壓低帽子，觀察一會兒外頭的狀況後步出走廊，前後大概花了六、七分鐘吧。沒想到回家一看，才發現棒子不是自己帶去的那一根，可能因為室內昏暗，一時不察才拿錯吧。因為始終忐忑不安，便決定隔天喬裝去取回原來的那根棍棒，沒想到前往的途中，撞見前天在電梯口擦身而過的兩個男人頻頻察看水溝等地方，嚷著要找凶器，於是我突然想惡作劇一下，在牆上貼了一張留言便回家了。忐忑不安的我決定找廠長商量這件事，他建議我裝病躲進醫院，於是我化名松本正雄，住進K醫院。沒想到今天廠長來醫院找我討那兩千日圓，還把豔子、我姊阿蝶也叫來，說什麼四人均分，一人五百日圓。問題是，我根本沒拿到兩千日圓啊！就像方才說的，那些錢是假鈔，看來西村打算給我假鈔，害我觸法，這個人實在太可怕了。」

山川署長一直目光犀利地盯著正在陳述的舟木。待舟木說完後，他看向桝本問道：

「桝本，舟木所言和你昨天陳述的事實明顯有出入。舟木說的話都是真的嗎？」

桝本剛剛從沖田刑警口中得知西村的女兒抖出自己求婚不成的事，惱羞成怒的他滿臉漲紅，現在又被舟木摘掉假面具，只見他那張光滑的臉更為猙獰。

合作之六（結局）

「確實如他所言。」

桝本悄聲回應。

「所以舟木說的都是真的囉？這麼看來，西村社長是自殺。阿蝶小姐，西村社長真的陷入如此窘境嗎？」

阿蝶倒是爽快回道：

「是的，他確實陷入窘境的樣子，難怪會買假鈔。而且他啊，年輕時就染上梅毒，不曉得是不是因為這病沒根治的關係，迫使他內心有陰影。平常看起來挺開朗的他每次一喝醉就發酒瘋。我想，他前天肯定也有發作吧。」

「可是！」

就在這時，恒藤主任看向署長，大叫著。

「單憑舟木的陳述就認定西村社長是自殺，實在缺乏證據。況且野田說還是無法挽回西村社長的生命，既然如此，舟木說社長開門這一點就很奇怪了。光是舟木攜帶棍棒赴約這一點，就能認定他有殺人意圖，所以就算西村真的醒過來，也可能被舟木殺害後，從窗戶扔出去。另一個可能性是凶手將昏迷不醒的被害人從窗戶扔出去，畢竟沒有證據能夠證明西村是活生生被人從窗戶推下去；相反的，也沒有證據能夠證明他不是被別人從窗戶扔出去，所以我認為舟木就是殺害西村的凶手。」

「嗯？你剛才認為野田是凶手，現在又認定舟木是凶手嗎？舟木，你有什麼可以證明你剛才說的都是事實嗎？」署長問。

「沒有，我拿不出證據。」

舟木斜睨一眼恒藤主任，這麼說。「我只是陳述事實而已，是你擅自認定我就是凶手。」

「很好！那我就認定你是凶手。」恒藤主任很不服氣地回應。

署長似乎頗傷腦筋，只見他「嗯……」的一聲，陷入沉思。

就在這時，冬木刑警開口：

「我認為只要根據驗屍報告，並搜查一下石垣建築事務所地板上的足跡，就能知道舟木的陳述是否為真。」

署長聽到冬木刑警的這番話，霎時恍然大悟地說：

「沒錯！配合田上博士的時間，今早應該已經解剖驗屍。〇〇君，你打個電話去法醫檢問一下！」

就在〇〇刑警去打電話時，有個人進來，大聲地向署長報告：

「折田檢察官與田上博士來訪。」

「太好了。快請他們過來。」

25

一如讀者諸君所知，折田檢察官就是西村社長慘死那晚，前往S大樓瞭解案情的檢察官。那天晚上，他請人將西村的屍體送至大學進行解剖驗屍，但不巧昨天田上博士帶著助手去外地出差，所以遲至今早才解剖西村的屍體。

田上博士不同於其他的法醫學者，他不只是解剖屍體，還會勘查案發現場，瞭解死者身亡的真正原因。今早進行解剖時，除了查到致命原因之外，也發現西村死亡前後情形有幾處亟待釐清的地方，於是下午偕同檢察官去了趟S大樓進行勘查，結束後便直接來到警署，說明自己的驗屍調查結果。田上博士親自說明驗屍報告，再也沒有比這更強而有力的論述了。

檢察官向署長說明博士的來意，也請警方說明調查結果，於是署長簡單說明迄今為止的經緯。野田說他那時在二十七號房，發現西村社長沒了氣息是在四點十二、三分，但舟木說他於四點二十分左右走進二十七號房時，瞧見西村社長正在開門。西村看到他，嚇得逃進石垣建築事務所，隨即開窗墜樓。倘若舟木所言屬實的話，西村社長可能一時昏厥，回復意識後又自殺，但這都是相關人士所言，缺乏十足證據，所以必須先聽一下驗屍報告，才能釐清諸多疑點。

一直神情嚴肅地聽著署長說明的田上博士，這才緩緩開口。濃密的嘴邊鬍與下巴鬍讓他看起來更顯威嚴。

「明白。我現在的說明可以解決一、兩個疑點。屍體的外觀相驗結果與法醫的驗屍報告一樣，左肩膀與後腦的鈍器傷都是生前所致，後腦的傷雖然出血不多，但因為皮膚受損嚴重，乍見是致命傷，但頭蓋部並未損傷，因此研判西村社長可能一時昏厥後又回復意識。

問題是，身體其他部分沒有任何致命傷，那麼西村社長的死因為何呢？根據解剖結果，死者死因是大動脈瘤破裂。一如諸位所知，大動脈瘤是梅毒引起的，符合死者曾染上梅毒的事實。死者從高處墜落時……不，假設墜落時，可想而知衝擊力道之大，導致大動脈破裂。也許很多人認為從四樓或五樓的高處墜落堅硬的地面，身體勢必受到相當大的損傷，但其實未必如此，不少情形是因為內臟破裂而死。再者，反正四樓與五樓只有一樓之差的論點也是一大誤解，因為重力加速度的關係，即便只差一樓，加諸身體的力道差異也很大。依這次的情況看來，除了大動脈瘤破裂之外，並沒有內臟破裂的情形，所以要說死者是從五樓還是四樓墜落，依常識來說的話，當然會回答比較低的樓層。其實，如果死者本人沒有大動脈瘤這個病因的話，也許不會因此丟命。

另一個疑問是，大動脈瘤要是末期就會自然破裂，或是惡化到某個程度，也可能因為肩胛遭受重擊而導致破裂，但就死者的大動脈瘤來看，血管壁還算厚，除非力道很大，否則不致於破裂，由此可以推論死者應該是從高處墜落。」

博士語畢，稍微喘口氣，室內鴉雀無聲。恒藤主任開口，劃破寂靜。

「好比患有大動脈瘤的屍體或是不省人事的人從高處墜落，大動脈瘤也不見得會破裂，不是嗎？」

「是的，沒錯。」

博士口氣沉穩地回道。

「我剛好要講到這一點。就算推論死者是從高處墜落，但究竟是活著墜地而死，還是死後或是不省人事時，被人推落致死，單從大動脈瘤破裂一事是無法判斷的。以這案子來說，因為屍體外觀沒有致命傷，就算推論死者從高處墜落之前還沒死，但單憑解剖驗屍無法判斷究竟是死者自己跳樓，還是昏厥中被人推落。這是我最在意的一點，也是最重要的一點，所以前往現場勘查，可惜沒有找到任何有力的證據，所以來請教警方的看法。」

「您要找的是什麼樣的證據呢？」

署長對於博士的明快議論，甚為佩服。

「其實解剖後發現死者的大動脈瘤與肺部組織黏合，所以破裂時血液流入肺部，經由氣管從嘴巴流出。如果當時還活著的話，也就是還有意識的話，就算大動脈瘤突然破裂，也可以藉由咳嗽排出血。相反的，如果當時已經死亡或是昏厥的話，那麼血就只能機械式流出。問題是，在解剖臺上無法判斷究竟是藉由咳嗽排出血，還是機械式流出，所以我去了一趟案發現場勘查，無奈地上積雪，完全找不到任何相關證據。

要是血液藉由咳嗽而排出，現場肯定會有像是飛沫噴濺的血跡；相反的，要是不省人事或是墜落之前就是具屍體的話，血就會從口中流出，應該會在地上發現一灘血，可惜我去勘查時沒留下任何痕跡，所以我想當時搜查現場的人員應該會有印象才是。這就是我為何沒有拍攝現場照片，而是來一趟警署的理由。」

不待博士說完，山本記者像皮球似的突然跳起來，大家驚訝地看向他。

「有！我有！我居然完全忘了。那張照片就塞在口袋裡，沒想到居然是這麼重要的線索。」

「是不是重要線索，還得看看照片才知道。」

冷靜回應的博士接過照片，仔細瞧著。

眾人無不屏息靜待地看著博士，只見他嘴角微揚，露出開心表情。

「嗯，一目了然。」

博士的口氣十分堅定。

「地上的血跡不是一道，而是飛濺。就一般人看來，可能會覺得是靜靜地流血，但這情形毫無疑問就是經由咳嗽而排出來的血。而且因為在頭上凝固的血最多，所以乍看之下，肯定會覺得頭部遭受嚴重損傷。」

這麼說的博士，將照片遞給署長。署長仔細瞧了一下，佩服似地用力點頭，把照片遞給恒藤主任。想必讀者諸君應該猜到了吧。恒藤主任肯定會出言反駁。

「可是！」

果不其然，看過照片後的他扯著嗓門喊道。

「可是就算知道西村社長是生前從高處墜落，也還是不知道他究竟是自己跳樓，還是被人推落，抑或是被別人抱起來扔下去，不是嗎？剛才我說舟木可能是殺害清醒過來的西村社長，然後將屍體從窗戶扔下去，但現在知道社長是在有意識的情況下墜落慘死，所以想修正一下我的說法，我認為舟木是抱起還活著的西村社長，將他扔下去，或是從窗戶推落。」

博士會如何回應，大家都很緊張。原以為他會頗傷腦筋，沒想到博士又笑著回道：

「這看法頗犀利，其實我也想到這一點，所以剛才在二十七號房以及隔壁的建築事務所搜索。畢竟就算有墜落現場的照片，也無法單憑照片判斷究竟是自行墜樓，還是被人推下去。

我剛剛進入二十七號房一看，發現現場遭到破壞，根本無從判斷，也沒有留下任何血跡。於是我借了備用鑰匙，打開二十七號房與建築事務所相通的那扇門，發現隔壁房間的地上積灰塵，看來事務所的負責人幾天前出差後就沒人進來過。所以還沒進行搜索的樣子，真是太好了。誠如各位所知，有時不仔細看的話，可能不會察覺，但是仔細勘查後發現地上留有足跡。

那麼，事務所的地板上留下什麼樣的足跡呢？有兩種，換句話說，就是兩個人的足跡。其中一個足跡是從那扇隔間門，朝著面對街道的窗戶方向，經過辦公桌旁邊，呈現一條斜線；另一個足跡是從門朝窗戶方向走去，而且步伐比較快，但沒有往回走的足跡。還有一點，前者的足跡是只有趾尖著地，而且有往回走的足跡，後者的足跡與西村社長的鞋印吻合，那麼，踮起腳尖走路的人究竟是誰呢？再者，從西村社長的足跡都沒踩到另一個足跡的情形，合理研判當時有個人在西村之後也走到窗邊，而且從社長沒有往回走的跡象來看，他應該是直接從窗戶墜落街上。

合作之六（結局）

當然也就出現一個問題，那就是西村社長從窗戶墜落是出於自身所為，還是外力迫使？所以第二個人踮腳尖走路就成了解開一切的關鍵問題。首先要思考的是，第二個人是否從後面悄悄走向站在窗邊的社長，然後把他推下去呢？還有，窗戶離地約二尺五寸高，所以需要相當使力才能把人推下去，而且第二個人就算躡手躡腳走近社長身邊，要推他下去時，也必須雙腳站穩，但第二個人明顯是踮腳尖來回，所以我不認為是他把社長推下去，或是抱起來再扔下去，畢竟這麼做更費力。

這麼看來，既不是抱起昏厥的西村社長，將其從窗戶扔下去，也不是將他從窗戶推落，更不能拖著不省人事的社長到窗邊，或是逼他走到窗邊，要他跳下去。況且要是外力迫使墜樓的話，很容易撞到一、二樓的突出部分，身體肯定會受到更嚴重的傷。因此怎麼想都是西村社長自己從窗戶跳下去，第二個人見狀後躡手躡腳地走到窗邊，再走回去。

從方才各位的說明，我認為第二個人就是舟木先生，他說的都是真的。當然，要是有足夠證據證明第二個人是舟木先生就更好了。」

這麼說的博士從口袋掏出一張紙。

「這是第二個人的足跡描繪圖。如果舟木先生現在穿的鞋子和前天穿的一樣，可以脫掉左腳的鞋子比對一下嗎？」

舟木起身走到博士身旁，脫掉左腳的鞋子。博士接過鞋子後，比對了一下。

「完全吻合。這樣就能證明第二個人是舟木先生，他說的都是事實。」這麼說。

*

讀者諸君，這件案子最後以西村社長自殺結案。依田上博士的說法，公司虧損加上罹患梅毒一事迫使西村社長一時精神錯亂而自殺，但博士一再強調是純屬個人的想法。但至少西村社長是突然自殺，並非籌謀已久的行為，畢竟那天他還寫信給山田貿易公司，處理公司事務，足見心神還是正常的。可能是他昏厥後又

合作之六（結局）

醒來時，因為意識還不是很清楚，誤認開門走進來的舟木是瀨川的鬼魂，做賊心虛的他一時心神錯亂，驚嚇得開窗跳下去吧。

以上是筆者必須給讀者交待的內容。至於桝本與舟木以要脅西村社長為由遭到起訴一事，目前還在審議中，結果如何就不得而知了。此外，警方也積極追查西村究竟是向誰購買假鈔一事，可惜白忙一場。

野田和豔子因為這件案子而拉近關係，至於他們是否會步入紅毯，愚拙的筆者也不知。

作者簡介

小酒井不木（こさかい ふぼく，一八九〇—一九二九）

日本推理小說家、醫學家。愛知縣出生，本名小酒井光次。一九一一年進入東京大學醫學部就讀，畢業後曾任東北帝國大學醫學部助理教授，又受文部省之命前往歐美深造，為當時生理學研究領域的世界權威之一。留學期間，除了鑽研各類醫學研究之外，也廣泛接觸海外推理文學，返鄉後以其獨到的醫學視角結合犯罪主題，陸續於雜誌《新青年》發表犯罪研究和海外推理小說譯介，後結集成《毒及毒殺研究》、《殺人論》等論文集問世。一九二五年開始將寫作觸角延伸至偵探小說創作，作品取材自醫學，又擅於描繪人體如何被破壞、分析人物精神病理等，風格冷澈而奇魅，屬於日本偵探小說界「變格派作家」之一，代表作品包含〈人工心臟〉、〈戀愛曲線〉、〈愚人之毒〉、〈屍體蠟燭〉等。一九二九年因結核病逝於名古屋，遺稿由同為推理小說家的摯友江戶川亂步編輯成《小酒井不木全集》出版。

五樓的窗戶

五階の窓

人人涉有重嫌？

六位推理名家有趣的接龍式推理小說

書　　名　五樓的窗戶
　　　　　五階の窓
作　　者　江戶川亂步、平林初之輔、森下雨村、甲賀三郎、國枝史郎、小酒井不木
譯　　者　楊明綺
策　　劃　好室書品
特約編輯　霍爾、陳楷錞
封面設計　吳倚菁
內頁排版　洪志杰

發 行 人　程顯灝
總 編 輯　盧美娜
美術編輯　博威廣告
製作設計　國義傳播
發 行 部　侯莉莉
財 務 部　許麗娟
印　　務　許丁財
法律顧問　樸泰國際法律事務所許家華律師

藝文空間　三友藝文複合空間
地　　址　106 台北市安和路 2 段 213 號 9 樓
電　　話　(02)2377-1163

出 版 者　四塊玉文創有限公司
地　　址　106 台北市安和路 2 段 213 號 9 樓
電　　話　(02) 2377-1163、(02)2377-4155
傳　　真　(02) 2377-1213、(02)2377-4355
E-mail　service@sanyau.com.tw
郵政劃撥　05844889 三友圖書有限公司

總 經 銷　大和書報圖書股份有限公司
地　　址　新北市新莊區五工五路 2 號
電　　話　(02) 8990-2588
傳　　真　(02) 2299-7900
初　　版　2023 年 8 月
定　　價　新台幣 398 元
I S B N　978-626-7096-41-3（平裝）

國家圖書館出版品預行編目 (CIP) 資料

五樓的窗戶：人人涉有重嫌？六位推理名家有趣的接龍式推理小說 / 江戶川亂步、平林初之輔、森下雨村、甲賀三郎、國枝史郎、小酒井不木 著；楊明綺 譯 .-- 初版 . -- 台北市：四塊玉文創有限公司，2023.08　208 面；14.8X21 公分 . -- (HINT：12)
譯自：五階の窓
ISBN　978-626-7096-41-3（平裝）

861.57　　　　112010477

SANYAU
http://www.ju-zi.com.tw
三友圖書
友直 友諒 友多聞

三友官網　　三友 Line@

HINT

HINT